大富豪と孤独な蝶の恋

ケイト・ヒューイット 作

西江璃子 訳

ハーレクイン・イマージュ

東京・ロンドン・トロント・パリ・ニューヨーク・アムステルダム
ハンブルク・ストックホルム・ミラノ・シドニー・マドリッド・ワルシャワ
ブダペスト・リオデジャネイロ・ルクセンブルク・フリブール・ムンバイ

IN THE HEAT OF THE SPOTLIGHT

by Kate Hewitt

Published by Harlequin Japan, a Division of K.K. HarperCollins Japan, 2024

ケイト・ヒューイット

アメリカ・ペンシルバニア州で育つ。大学で演劇を学び、劇場での仕事に就こうと移ったニューヨークで兄の幼なじみと出会い結婚した。その後、イギリスに渡り６年間を過ごす。雑誌に短編を書いたのがきっかけで執筆を始め、長編や連載小説も手がけている。読書、旅行、編みものが趣味。

主要登場人物

オーレリー・シュミット……歌手。芸名オーレリー。
ピート・マイヤーズ……オーレリーの元マネージャー。
ルーク・ブライアント……高級百貨店のCEO。
アーロン……ルークの兄。
チェイス……ルークの弟。
ジェナ……ルークの部下。PR担当部長。

1

ルーク・ブライアントはまた腕時計をにらんだ。この四分間で六回目、いら立ちはすでに爆発寸前だ。遅い。ＰＲ担当部長のジェナに目をやると、彼女も申し訳なさそうにひらひらと手を振ってみせた。〈ブライアント・ストア〉のクリスタルガラスと大理石の優美なロビーを埋め尽くした客たちも落ち着かなげに身じろぎ始めている。みんな、この歴史ある店の新装開店セレモニーにオーレリーが登場するのを十五分前から待っているのだ。だが彼女の姿はまだない。

ルークは奥歯を噛みしめた。できることならこんなやっかいな仕事からは手を引きたい。最近はロサンゼルスのオフィスのトラブルを収めるのに忙しく、ここニューヨーク店の新装開店セレモニーのためにスケジュールを空けて駆けつけたのだ。自分がずっとこっちにいれば、こんなふうに見たくもない歌手の登場をじりじりしながら待つこともなかったはずだ。ジェナは何を考えているんだ、あんなスキャンダルまみれの落ち目の歌手を起用するなんて。

再び目をやると、ジェナは唇を噛んでまた申し訳なさそうな顔をした。同情の余地はないと、ルークは彼女につかつかと歩み寄った。

「彼女はどこだ、ジェナ？　何をしている？」

「上で支度を――」

ルークはこみ上げるいら立ちをぐっとこらえた。

「彼女はわかっているのか、もう――」時計を見る。「十六分遅れているんだぞ、たった一曲歌うだけのステージに」

「わかっていると思います」ジェナが答える。

　ルークはジェナをにらみつけた。怒りの矛先が違うことはわかっている。ジェナは仕事熱心な社員だし、この店のセレモニーにオーレリーのような落ち目のスターを起用したのも、彼女なりの市場調査の結果だ。この店がターゲットとする十八歳から二十五歳の顧客層にオーレリーならぴったりだとジェナは断言していた。その年齢層を代表するようなヒット曲をかつて三曲もチャート入りさせ、彼女自身まだ二十六歳なのだ、と。

　オーレリーが今も大衆の関心を呼んでいることは確かだが、それは事故現場を見たがるのと同じだ、とルークは苦々しく思った。目の前の悲惨な現場から目が離せないだけのことだ。

　とはいえ、オーレリーが出演すると告知した結果、店の新装開店で往年のポップスターがつまらないヒットナンバーを歌うのを見に、これほど多くの客が集まっている。〈ブライアント〉の最高経営責任者(CEO)として、最終的な責任はこのぼくにある。

「どこにいるって？」

「スタッフ用控室かと――」

　ルークはむっつりとうなずき、階段を上った。歌うという契約なのだから歌ってもらおう、カナリヤのように。

　上階の売場は人気(ひとけ)がなく静かで、ラックにかかった洋服や顔のないマネキンたちが無言でルークを非難しているようだ。今日はなんとしても成功させなければ。この五年、不景気に伴い、〈ブライアント〉は徐々に売上が落ちている。創業から百年、うちの店が得意としてきた高級品を買う客はいなくなった。ルークはそれを改善しようと取り組んできたが、最終的な決定権を握ろうとする兄アーロンは、店の名をおとしめるとして反対し続けてきた。

　だが最新の会計報告の悲惨さに、兄もようやく全面的な見直しに同意した。手遅れでなければいいのだが。失敗すれば、責めを負うのはこのぼくだ。

しかたがない、とルークは自分に言い聞かせた。大きな判断の多くは依然アーロンがしているとはいえ、〈ブライアント・ストア〉のCEOはこのぼくだ。〈ブライアント・エンタープライズ〉の一部門であるわが社に関する責任はぼくにある。今日のセレモニーにオーレリーを起用したこともその一つだ。

ルークは控室のドアをノックした。「ミス……オーレリー？　みんな待っているんだが――」ノブを回そうとしたが、施錠されている。もう一度ノックしてみても返事はない。

ルークはしばらくその場に立ち尽くした。施錠されたドア、静寂――別の場面の記憶が全身を貫き、焼けつくような罪悪感に襲われる。

〝おまえのせいだ、ルーク。助けられたのはおまえしかいなかったのに〟

そんな記憶を押しやり、ルークは肩でドアを押しながら片足で素早く蹴った。ロックが壊れ、ドアが勢いよく開いた。

控室に入って見回す。やたら派手な衣装がテーブルや椅子などに散乱し、そして床の上には――

オーレリーだ。

ショックとよみがえった記憶で一瞬固まったルークは、一声毒づいて足早に歩み寄った。部屋の隅でぐったりした彼女は超ミニのドレス姿で、マッチ棒のような細い脚を投げ出している。

そばにひざまずき、脈を確かめる。脈はしっかりしているが、顔色は青ざめ、わずかに汗が浮いている。茶色がかったブロンドのストレートヘアとほっそりした肢体、客観的に見ればきれいなのだろうが、やつれた顔にやせた体で、ひどい様子だ。

頬に触れてみるとじっとりと冷たい。自分の激しい鼓動を感じながら、救急車を呼ぼうと携帯電話を取り出す。何か薬物を過剰摂取したに違いない。まさか、人生で二度もこんな場面に出くわすとは。あのときのパニックがよみがえり、全身の血が凍る。

そのとき、ふっと彼女の目が開き、ルークは携帯電話を握る手をゆるめた。その瞳の色に心が動く。寒く曇った日の大西洋のような灰色がかったブルーの瞳に悲しみが渦巻いている。オーレリーはぼんやりとまばたきし、身を起こそうとした。その視線がルークに留まり、瞳の奥に冷たいものが光った。

「ハンサムね」彼女がつぶやくのを聞き、どうやら大丈夫そうだと安堵した瞬間、ルークの中にいつもの決然とした厳しさが戻ってきた。

わきの下に手を入れて体を起こすと、オーレリーはぐったりとルークにもたれかかってきた。床にいたときよりもさらにか細く頼りなく、今にも壊れそうだ。「何をのんだ?」ルークが問いただすと、彼女はまぶしげに彼を見上げ、からかうように笑った。

「何だっけ、とにかく最高のやつ」

ルークはオーレリーを抱いたまま立ち上がらせ、バスルームへ連れていくと、洗面台に冷水を満たし、彼女の顔をいっきに突っ込んだ。

彼女はやけどした猫のように跳ね上がり、水しぶきを飛ばしてわめいた。「ちょっと、何を――」

「少しは目が覚めたか?」

オーレリーは顔の水をぬぐい、目を細めてルークをにらみつけた。「ええ、覚めたわ。あなた誰?」

「ルーク・ブライアントだ」口から出た声は怒りを含み冷たかった。よくも驚かせたうえに記憶をよみがえらせてくれたな。「きみに金を払っているのはぼくだ。五分で支度してステージに出ろ」オーレリーは目を細めたまま腕組みしている。その顔は青ざめ、やつれたままだ。「化粧もしろ、ひどい顔だ」ルークはそうつけ加え、彼女に背を向けた。

オーレリー・シュミット――その名字を知る人は

あまりいないが——は顔に残った水滴をぬぐって強くまばたいた。ばかな男。そして、生まれ変わりたい一心でこんな仕事を引き受け、のこのこやってきたわたしもばかだ。

震える息を吸い、バッグからチョコバーを取り出す。包み紙を乱暴にむいて、オーレリーは控室に散乱した数々の衣装に目を向けた。〈ブライアント〉の担当者であるジェナという女性は、わたしがもともと着るつもりだった衣装を見て青ざめていた。

「だってあなたはオーレリーでしょう……イメージというものが……」

それは五年も前の賞味期限切れのイメージだ。でも客は今もそれを見たがる。純粋にわたしの歌が好きだからなのか、それともわたしの無様な姿を見たいだけなのかは議論の余地があるけれど。

だからわたしは着る予定だったジーンズとオーバーブラウスを脱ぎ、スパンコールのついたミニドレスに着替えた。化粧をしようとしたところで意識を失ったのだろう。そのあとブライアントが入ってきて最悪の想像をしたわけだ。まあ、彼を責めることはできない。これまでにもさんざん、人がありがちな結論に飛びつくのにうんざりさせられてきた。

とにかくステージに遅れているらしいので、オーレリーはチョコバーを急いで食べ、手早く化粧した。ぼさぼさの髪もアップにまとめてスプレーで固めた。どちらにせよ、客はちょっと乱れたわたしの姿を見に来ているのだ。四年間新曲も出していないわたしをいまだにタブロイド紙が追うのも、この無様な姿をみんなが見たがっているからだ。

往年のヒット曲《テイク・ミー・ダウン》を歌うはずだった時刻をもう二十分以上過ぎている。客は待ちくたびれ、ルーク・ブライアントはそれ以上にいらついているだろう。控室を出るオーレリーは皮肉っぽい笑みを浮かべた。どうせ彼はろくに期待などしていない。わたしも同じだ。

　即席ではあっても、ステージに上がるといつも魂が肉体からふわりと離れるような感覚がある。自分というものが消え、歌とダンス、パフォーマンスと一体になる――世界が知るオーレリーの姿に。

　目の前の観衆は顔のない集団となり、オーレリーはマイクに手を伸ばした。その瞬間、床の隙間にピンヒールがはさまり、前につんのめりそうになった。観衆がはっと息をのむ。わたしが顔から倒れ込むのを待って、いや期待している空気だ。彼女は体勢を立て直し、軽やかにほほえんで歌い始めた。

　ステージでは意識しなくても勝手に体が動く。歌い、肩や腰を揺すり、ほほえむ。まさに生まれながらの才能だ。自分自身でいるより、自分以外の誰かになって演じるほうがずっと楽だった。だがこうして歌っている今も、心の中の何かがしんと静まり返るのを彼女は感じていた。

　即席ステージの脇、ロビーに集まった観衆から離れたところから、ルーク・ブライアントがこちらを見つめていた。その表情は厳しく、瞳は燃えるようだ。そんな彼を見つめ返していることに気づき、観衆に視線を戻しながらも、心のどこかでは彼から目を離せずにいる自分がいた。まずいわ。

　細くしなやかな体が優雅にセクシーに動き、明るく澄んでよく通る声は、ときに思わせぶりにハスキーな響きを帯びる。彼女にいら立ちを覚えながらも、その魅力は認めざるを得ない。

　ふと、オーレリーが振り向いてこちらを見た。なんとなく距離を取って眺めていたルークはその瞬間、激しい欲望に襲われた。だがそれよりも強く感じたのは……守りたいという衝動だった。どうかしている、彼女を軽蔑しているはずなのに。二人の視線がぶつかった瞬間、時間が止まり、心と……そして肉体がぐっとひきつけられるのを感じた。

やがて彼女が顔をそむけ、その奇妙な感覚は消えた。ルークは安堵の息を吐いた。オーレリーのような女性に、いや、どんな女性相手でもそんな衝動を覚えるなんて、きっと疲れとストレスのせいだ。

オーレリーは曲のコーラス部分に合わせて歌うよう観衆に呼びかけている。「ほら、覚えているでしょ、まだそれほど懐メロじゃないはずよ！」頭を振って叫ぶ彼女をルークは見つめた。

たいしたものだ。自分をネタにするのはなかなか勇気のいることだとしぶしぶ認めつつ、控室で倒れていた彼女を思い出し、唇をゆがめる。あのテンションは酒の力か、それとももっとやばいものか。

三分間の歌とダンスが終わり、割れるような拍手がわき起こった。野次もいくつか飛び、ルークは内心縮み上がった。観衆は喜びながら、同時に彼女を笑いものにしたがってもいる。それはオーレリー自身もわかっているのだろう。少しあざけるような身振りでお辞儀をし、ひらひらと手を振って、舞台袖で見つめるルークのほうへ下がってきた。二人の視線が再びぶつかり、オーレリーは少しあごを上げて挑むように目を光らせた。

控室では少々手荒な真似(まね)をしたが、謝るつもりはない。この女はドラッグをやっていたかもしれないのだ。ステージを終えたらさっさと出ていってほしい。今日、店内をうろうろされては危なっかしくてしかたがない。歩み寄ってきた彼女に手を伸ばし、ルークは彼女の片方の手首をつかんだ。

細くきゃしゃな手首で脈が激しく打っている。すぐそばに立っていると、爽やかな柑橘系(かんきつけい)のコロンが漂ってきて、ほてった体の熱も伝わってくる。体に張りついたミニドレスから浮かび上がる胸のふくらみやヒップの丸みに目が奪われる。視線を上に戻すと、オーレリーが冷ややかな目つきで彼を見ていた。

彼女の全身をくまなく眺め回していた自分に気づき、ルークはつかんでいた手首を離した。「ありがとう」そう言った声がこわばっている。

「お礼？　なんの？」オーレリーが唇をゆがめた。皮肉を含んだような口ぶりが気に入らない。

「歌だよ」

「どういたしまして、ボス」

いら立ちがさらにこみ上げる。「なぜそんな呼び方をする？」

「それは……」彼女は腰に手を当てた。「冷水をためた洗面台に頭を突っ込んでおいて、感謝しろなんて言うような人だもの」

「きみは意識を失っていた。親切でやったことだ」

オーレリーが唇にからかうような笑みを浮かべ、きらりと目を光らせた。「ほらね」

「きみにきみのすべきことをしてもらいたいだけだ」ルークは硬い口調で言った。とにかく一刻も早く出ていってもらおう。開店時刻に彼女は必要ない。そして、このぼくにも。

からかうような笑みを浮かべたまま、彼女がほっそりした手をルークの胸板に当てた。シャツの生地越しに手の熱が、細い指の圧力が伝わってきて、腹立たしいことにまた欲望がくすぐられる。

「で、なんなの、わたしがすべきことって？」オーレリーの声が一オクターブ下がる。

「帰ってくれ」ルークはぴしゃりと言った。この肉体の反応は制御しようがないが、それ以外はなんとしても制御してみせる。

オーレリーが低い声で笑い、彼の胸板に当てた手にさらに力を込め、指を大きく開いた。ルークが無表情のまま動かずにいると、彼女は視線を下に向けてささやいた。「本当にそれでいいの？」

ルークは怒りに駆られて彼女の手をつかみ、改めてその細さと小ささを感じながら、汚らわしげに振り払った。「警備員に出口まで案内させる」

オーレリーが眉をつり上げた。「それはどうかしら。よりによって今日この日に」

「どういう意味だ？」

「あの店は警備員を使ってオーレリーを追い出したって、タブロイド紙の格好の餌食になるわよ」腕組みした彼女の目が光っている。泣きそうにも、むしろ勝ち誇ったようにも見える。「せっかくの大々的な新装開店がとんだ笑いものになるわ。これは経験者としての忠告よ」

「そうだろうな」オーレリーはこれまで数えきれないほどゴシップのネタにされてきている。

「あきらめるのね、ボス。あなたにはわたしが必要なのよ」あざけるような低い声だ。

ルークは痛いほど奥歯を噛みしめ、努めて冷静に言い返した。「わかった。一時間ほど店を回って客たちに挨拶してから帰ってくれ。だが――」

「何？」オーレリーが眉をつり上げ、またからかうような笑みを浮かべた。「わたしがそれ以上何かすると思っているの？」

「ああ。きみは何をしでかすかわからない」

しばらく思わせぶりな表情で立っていた彼女は、突然生気を失ったように無表情になり、顔をそむけた。「ご心配なく、わたしはいつだって皆さんの期待に応えるから。たとえ相手があなたでも」そう言うとオーレリーは振り返ることなく、客たちのほうへ歩いていった。

そんな姿を見送りながら、ルークはかすかな驚きに心が揺れるのを感じていた。水たまり程度の浅い女だと思っていたが、さっき顔をそむけた彼女の瞳には、何か深く暗く、苦しげな光が宿っていた。

低く長いため息をつき、反対側へ視線を転じる。あんな不愉快な女のことを考えるだけ時間の無駄だ。

ミニコンサートも終わった今、客たちはジュエリーや化粧品が並ぶショーケースや趣向をこらしたショーウインドーを見て回っている。ルークは目の前の仕事に集中しようと努めた。だが、ほほえみ、うなずき、言葉を交わしながら客たちの間を縫うように歩く間も、ルークは胸板にまだ彼女の手の熱さを感じていた。シャツの生地ばかりか、その下の肌にまで手の跡が残っているような気さえした。

オーレリーは振り返り、ルーク・ブライアントが歩き去る姿を見つめた。あの人は何をそんなにぴりぴりしているのだろう。張りつめて、今にも爆発しそうだ。彼の胸板に手を当てたとき、筋肉が硬く緊張し、鼓動がいきなり跳ね上がるのを感じた。わたしが触れたことで興奮したのだとわかった。

いつもなら苦い満足感を覚えるはずが、今回わいてきたのは疲労感だけだった。ステージを下りたあともこれから一時間ほど、〝ポップスターのオーレリー〟を演じなければならないと考えると、実際に吐き気までしてきた。

今日の午後だけ、いつもの軽薄でセクシーな仮面を脱ぎ捨ててありのままの姿を見せたらどうなる？　そんな提案をしたとき、あのPR担当部長が真っ青になったのを思い出す。ありのままのわたしを見たい人など誰もいない。観衆が見たいのは、人生につまずき、ゴシップ記事のネタになるようなことばかりしでかすポップスターだけなのだ。

わたし自身、その仮面の下に何か残っているのかどうかさえ、もうわからない。オーレリーは深呼吸し、胸を張って賑（にぎ）わいの中へ入っていった。

〈ブライアント〉の優美なロビーにひしめく客たちは、富裕層と中産階級が交じり合っている。この店が有名な高級百貨店なのはオーレリーも知っていたが、ジュエリー売場を見る限り、今回の新装開店でもう少し手ごろな価格帯に移行しようとしているようだ。今の景況ではやむをえない策だろう。わたしとこの店、どちらも生まれ変わろうとしているとは皮肉なものだ。ルークはわたしよりもうまくやれるのだろうか。

それから小一時間、オーレリーは客たちの求めに応じてサインしたり、いかにも楽しげに手をひらひら振って笑ったり歓声をあげたりして過ごした。本当は楽しくなどなかったが、そうやってスターを演じながら、視線は気づくとルーク・ブライアントを追っていた。彼も楽しそうではなく、そして彼女と違い、それが顔に出てしまっていた。

ハンサムなのは確かだ。濃茶色の髪、チョコレート色の瞳、この手が覚えているたくましい肉体。でもその表情は硬く厳しく、不機嫌そうに目を細め、唇を引き結んでいる。彼が声をあげて笑ったりほほえんだりすることはあるのだろうか。ユーモアのセンスを手術で切除してしまったに違いない。

そのとき、さっき手のひらに感じた胸の鼓動とシャツの生地越しに伝わってきた肌の温(ぬく)もりを、最初は不愉快そうに、やがて欲望をにじませてこちらを見下ろしてきたまなざしを思い出した。男はみんな同じよ、と自分に言い聞かせながらも、オーレリーの中の何かが――ずっと昔に消えたと思っていた何かが、その熱いまなざしに反応した。

ルークが顔を上げ、二人の視線がぶつかったとき、自分がたっぷり三十秒間は彼を見つめていたことにオーレリーは気づいた。ルークがあの冷静な目で見返してくる。こちらを値踏みし、価値がないと決めつけるような目だ。オーレリーが負けじと見返すと、ルークが不快そうに唇をゆがめ、顔をそむけた。

まるで拒絶されたような痛みを感じつつ、オーレリーはしばらくその場に立っていた。おかしい。わたしはただ彼を困らせてやろうとしただけなのに。新聞や芸能ゴシップサイトなどで、拒絶されるよりひどい仕打ちも何度もされてきたのに。それでも、胸に食い込む金属片のような痛みはいやでも感じる。なぜこんなふうになってしまうのだろう。

周囲のざわめきが耳に入り、オーレリーは会話の内容を聞き取ろうと、ほほえんで応えようと努めたがうまくいかなかった。もう無理だわ、と彼女は客たちに背を向け、混み合うロビーから出ていった。

ロビーを出ていくオーレリーを目にしたルークは、満足感と不快感がせめぎ合ういら立ちに駆られた。彼女に店内をうろうろされるのは困るが、その瞳に浮かんでいた痛みのような表情が気にかかる。この場にいて客たちと交流すべきだと思いながら、気がつくとルークの足は彼女の控室へ向かっていた。

さっき錠を壊したドアをノックもせず押し開けると、オーレリーは頭からドレスを脱ぎかけたところだった。「失礼——」

「恥ずかしがることはないわ、ボス」振り向いたオーレリーは小さなブラジャーとTバックショーツだけの姿で眉をつり上げ、唇をゆがめた。「さあどうぞ、じっくり見たかったんでしょ」

ルークはかぶりを振った。「まったく、きみには驚かされるよ」

「それはほめ言葉かしら」

彼女の言うとおり、彼は目の前の肉体をじっくり見ていた。白いサテン生地に包まれてつんと上を向いた胸から目が離せない。そんな自分に腹を立てながら、ルークは床に落ちていた紫色の薄手のトップスを拾って投げた。「何か着てくれ」

トップスに目をやったオーレリーが猫のような笑みを浮かべた。「どうしてもと言うなら」

透けたトップスを着ても、さっきとさほど変わらない。むしろ、きゃしゃな体の線がより強調され、張りつめた美しい肉体からまた目が離せなくなる。

下半身がうずくのを感じ、きまりが悪い。それに気づいたのか、オーレリーがまた笑みを浮かべた。

ルークはようやく声を絞り出した。「ここに来たのは、きみが大丈夫か確認するためだ」

オーレリーが眉をつり上げ、不意に緊張を見せた。

「なぜそんなことが気になったの？」

「それは――」なんと言えばいい？　きみの瞳に悲しげな表情が見えたから？「何か困っていそうだったから」平然と嘘をつくわけにもいかず、ルークはそう答えた。この心を危険にさらしながら信じてもらえなかった二十五年前のあの日以来、決して嘘はつくまいと心に誓ってきたのだ。

「困っている？」腰に手を当てて昂然と顔を上げ、胸を張りながらも、その瞳にはまださっきの影がにじんでいる。オーレリーは首をかしげてまつげを伏せた。「それはまたご親切なこと」

そのかすれた声に、ルークはまた欲望がうずき出し、首筋の毛が逆立つのを感じた。最後の恋人と別れ、セックスをしなくなってかなりたつ。こんなふうに体が反応してしまうのはきっとそのせいだ。

オーレリーが近づいてきて、わかっていると言いたげにこちらを見上げた。「困っているのはあなたのほうなんじゃないの」そう言って皮肉っぽく笑った彼女が、硬くたかぶったズボンのふくらみを指先でなぞった。ルークは電気ショックを受けたように飛びのき、信じられないと首を振った。

「魅力的な下着姿の女性を見れば、体が生理的反応を示すのは当然だろう。それだけのことだ」

「それじゃあ、わたしの精神状態が心配で来たというのはただの口実？」一歩下がったオーレリーの笑みが冷たく、目つきが厳しくなる。

「ぼくが口説きに来たというのか？」ルークはあきれて笑った。「色目を使ってきたのはきみのほうだ。ぼくはきみのことなど好きでもなんでもない」

オーレリーは厳しい目つきのままあごを上げた。

「好きとか嫌いとか、なんの関係があるの?」

「あるさ、ぼくには」

「ずいぶん古風なのね」彼女は後ろを向いてジーンズをはいた。「安心して。わたしは大丈夫だから」

さっさと立ち去るべきだ——そもそもここへ来るべきじゃなかったと思いつつ、ルークは動けなかった。彼女はとても大丈夫そうには見えない。

部屋中に散乱した衣装を大きなバッグに放り込むオーレリーを前に、彼はいら立ちと欲求不満を抱えたまま立っていた。オーレリーがちらりと彼を見上げた。激しい感情が宿るその瞳はほんの一瞬、とても幼く頼りなく見えた。やがて彼女は、あの冷ややかで皮肉っぽい笑みを浮かべて言った。「まだいたの? まだあきらめきれないとか?」

よみがえる記憶に怒りをつのらせながらルークは言った。「きみがひどい状態で、一人で無事にここから出ていけるとは思えないからだ。ほんの一時間前、きみは床で倒れていた。オーレリーがうちの店の控室で薬物の過剰摂取で倒れたなんて記事が下劣なタブロイド紙に出るのはごめんだからな」

オーレリーがあきれたように天を仰いだ。「なんだ、本当に心配してくれているのかと思い始めていたのに。ご心配なく、わたしなら大丈夫」

ルークはぶっきらぼうにうなずいた。「じゃあ、ここでお別れだ。帰るときは通用口を使ってくれ」

「いつもそうしているわ。パパラッチ対策で」笑みを浮かべた彼女のあごがわずかに震えている。無礼なふりをしてはいるが、やはり傷ついたのだ。

気にする必要などないと思いながらも、やはり気になる。「さようなら」できるだけ早く出ていってもらうに限る。オーレリーは返事をせず、まだ震えているあごをぐっと上げて彼を見返した。ルークは声に出して一言毒づき、控室から出ていった。

2

「〝〈ブライアント〉の新装開店は自己卑下と自信がうまく調和したものとなった〟」ジェナが新聞記事を読み上げながらルークのオフィスに入ってきた。その目が躍っている。「大成功ですね！」

ルークはそっけない笑みを返した。ジェナの興奮に水を差す気はないが、彼自身は今回の新装開店で〝自己卑下〟したつもりなどなかった。朝刊にざっと目を通した限り、絶賛とまではいかずともおおむね高評価を得ているようだし、当日の売上にもそれは反映されていた。今後、世界各国に展開する他店舗にも新装開店を進めていくにはじゅうぶん満足のいく結果だ――兄アーロンの同意さえ得られれば。

三十八歳になり、〈ブライアント・ストア〉の経営に十年以上携わっている自分が、重要な決定事項ではいまだに兄の判断を仰がねばならないことに、いつもながらいらいら立ちを覚える。兄の信頼も勝ち得てきたはずだが、アーロンは決して全面委任はしてくれない。亡き父が遺言で〈ブライアント・エンタープライズ〉の運営をアーロンにゆだね、その結果すべての采配を振るうのはアーロンということになった。そしてアーロンもそれを楽しんでいる。

「オーレリーの起用が当たりましたね。どの記事も彼女に触れています」ジェナが言った。

「新聞はそんなものだ」ルークはそっけなく返し、椅子をくるりと回した。あのやっかいなポップスターのことも、そんな彼女に恥ずかしい反応を見せてしまった自分のことも、これ以上考えたくない。

「彼女に歌わせようと思いついたのは、われながら天才的発想でした」ジェナが自画自賛する。

「〝自己卑下と自信の調和〟というやつか?」新聞記事は新装開店セレモニーを称賛しつつ、オーレリーを揶揄していた。〝いささか落ち目のオーレリーはともかく、〈ブライアント〉の再生は成功したようだ〟ルークは一瞬目を閉じた。いつもこんなふうに書かれて、よく耐えられるものだ。それとも、気にもしていないのか?

「今後の店舗のセレモニーにも彼女を使ったらどうですか?」ジェナの提案にルークは目を開けた。

「それはどうかな」

ジェナはなおも食い下がる。「いいじゃないですか。彼女が笑いの種になっていることは確かですが、みんな今でもオーレリーの歌が好きなんです。懐かしのスターをうちが起用したことが新聞にも受けたんです……一種の皮肉というか——」

「かつての名店だったうちが、ということだろう。ああ、ぼくも読んだよ。だが、うちが目指しているのはそこじゃないだろう」ルークはジェナを鋭く見すえた。若手社員の清新なアイディアを採用するのは好きだし、兄と違い、変革は大いに必要だとも思っている。だが、オーレリーはもういらない。

いや、本心は違う。そこが問題なのだ。

「でも結果はうまくいきました。かつての〈ブライアント〉を求めている人は誰もいません。これまでの名声にあぐらをかいていてはだめなんです」

「それはオーレリーに言ってやれ」そう言って話を終えようとすると、ジェナがふっと笑った。

「実は彼女、新曲を歌おうとしていたんですよ――おセンチなフォーク調のバラードを」

「フォークだと? 彼女はポップスターだろう」

「そうなんです。変でしょう? まったく何を考えていたのやら。こともあろうに、ジーンズ姿でギターの弾き語りをすると言い出したんです」

ルークはしばらく黙ったままその意味を考え、やがてたずねた。「で、きみはなんと言ったんだ？」

「うちはジョーン・バエズじゃなく、オーレリーを雇ったんだ、と言ってやりました」

「彼女はなんと？」

ジェナが肩をすくめた。「何も。雇ったのはこちらなんだから、要望に応えるしかないでしょう」

それはそうだ。だから、自分を軽薄なアイドルとしか見ない相手に噛みつくしかなかったのだろう。そう考えてルークは妙に落ち着かなくなった。

じゃあ、本当のオーレリーは何者なんだ？

「もういいよ、ジェナ」ルークが話を切り上げると、ジェナは少しむっとした顔で出ていった。ルークは椅子の背にもたれ、両手で顔をこすった。

ため息をついて手を下ろし、むっつりと窓の外を見やる。ジェナの提案はばかげている。今後のセレモニーにもオーレリーを起用するなどありえない。彼女にはもう二度と会いたくない。

だったら、なぜ彼女の瞳を忘れられない？

ルークはいらいらとうなり声をもらし、コンピュータに向き直った。旗艦店であるニューヨークでは成功したかもしれないが、仕事はまだ山のようにある。〈ブライアント〉は全世界に百を超える店舗があり、その一店一店をこれから再生させていくのだ。

オーレリーの助けなどなしに。

オーレリーは唇を噛んで集中しながら、さっきの四つの音をもう一度弾いてみた。これだと物悲しくなりすぎる？　もっといい感じにつなげないと――

ふとピアノから目を上げ、室内をぼんやり見回す。わたしの歌を求めている人などもう誰もいない。かつてのヒット曲を焼き直すならともかく、こんなしっとりしたバラードなど聴きたがる人はいない。今回それがはっきりわかった。

ため息をついてピアノ椅子から立ち上がり、キッチンへ行った。コーヒーでも入れて休憩しよう。くよくよと自分を憐(あわ)れんでいてもしかたない。自分の人生は自分で決める。誰にも変えさせはしないし、変える必要もない。死ぬまでずっと、このバーモントで静かに暮らしていけばいい。そう思いながら、カムバックの話につい飛びついてしまった。

〈ブライアント〉での仕事を思い出しただけで身がすくむ。あのオファーを受けた理由はただ一つ、今までと違う新しいオーレリーに人々がどう反応するか試してみたかったからだ。だが、新曲を歌いたいと提案すると、PR担当部長が顔色を変えた。〝お客さまはフォークシンガー気取りのあなたじゃなく、いつものオーレリーを見に来ているんです。あなたに演じてもらいたいのはそれだけです〟

オーレリーはまたため息をつき、コーヒーにミルクを加えてかき混ぜた。あの偉そうなルーク・ブライアントに思わせぶりな態度を取ったことを思い出すと、今も恥ずかしさがこみ上げる。彼の瞳に欲望の炎が燃え上がるのを見て、わざと挑発した。いつもの反射的な行動だった。ああいう場面になると、超然としているのは難しい。

玄関のベルが鳴り、はっとする。客など来るはずがない。パパラッチはこの家の存在を知らないし、近所の住民たちはそっとしておいてくれる。そういえば新しいギターのカポを注文したんだったと思い出し、オーレリーは玄関に向かった。

「あ……」風雨にさらされた玄関ポーチに立つ男性を見つめ、彼女は言葉を失った。そこにいたのは郵便配達員ではなく、ルーク・ブライアントだった。

こちらを見返すオーレリーの顔から血の気が引いているのをルークは見つめた。ひどく驚いているらしい。ルークのほうも、この家を探し当てたときは驚いた。まさか、こんなバーモントのひなびた町の古い田舎家だとは思わなかった。だがこれは単なるスターの隠れ家ではないと、玄関ポーチに立ってすぐにわかった。ここは彼女の本当の家だ。

大きな目でぼうぜんと彼を見つめ、オーレリーが咳払い(せきばら)いした。「こ……ここで何をしているの？」

「きみに会いに来た」

「なぜ？」彼女のあまりの困惑ぶりに、ルークは思わず笑いそうになった。皮肉も思わせぶりな態度もなく、ニューヨークの店で会ったオーレリーの痕跡もない。初めてしっかり顔を見たが、印象的な瞳の色がなければ彼女だとわからなかっただろう。洗いざらしのジーンズにラベンダー色のTシャツ姿で、つややかな髪は三つ編みにして片方の肩に垂らしている。化粧もせず、アクセサリーもつけていない。やや面やつれして見える以外は、シンプルの極致といった風情だ。前回会ったときやアルバムのカバー写真などより今のほうがずっときれいに見える。

「入ってもいいか？」

「え……」オーレリーが背後にちらりと目をやる。

何を隠しているんだ、とルークは疑念に駆られた。家は素朴な田舎家だし服装も普通だが、目の前の女性がこの前会った軽薄で始末に負えないポップスターであることに変わりはないのではないか？

今後もオーレリーを使おうというジェナの提案を却下しながらも、悲しみと勇敢さのにじんだ彼女の瞳が頭を離れなかった。そして、新しい挑戦をするために〈ブライアント〉に来たという話が気になってしかたなかった。

だからこそ、こうして思いきって会いに来たのだ。イメージチェンジなど無理だと思われている落ち目のポップスターのカムバックを〈ブライアント〉が実現できたら、大いに話題を呼ぶだろう。

だが正直に言うと、こうして訪ねてきた真の動機は店の成功ではなく、もっと深く本能的なものだった。生まれ変わりたいという欲求はルークにもよく理解できる。彼自身、十年近く店の改革に努めてきたし、自分自身も……壁を乗り越えようとしてきた。オーレリーにもそんな壁があるはずだ。

そういうわけで五週間たった今、こうして彼女の家まで訪ねてきたわけだ。

「入ってもいいか？」改めて礼儀正しく問いかける。オーレリーはためらうように唇を噛んでから、脇に寄ってルークを中へ通した。「どうぞ」

中に入ったルークは、あふれんばかりの傘立てやコート掛け、壁にかかった額入りの刺繍画、編み込みのラグマットなどを見回した。何もかもが古風で、想像していたのとまったく違う。

ドアを閉めたオーレリーは、そのまま玄関ホールで腕組みした。「どうしてここがわかったの？」

「正直言って大変だったよ」彼女がビバリーヒルズで借りていたビーチハウス以外の住所を知る者はおらず、エージェントとマネージャーも解雇されていて連絡先も不明だった。ジェナはオーレリーのウェブサイトから直接連絡を取ったようだが、そのサイトも今は閉鎖されている。「ネット検索は得意でね。町の不動産登記記録で、この家がジュリア・シュミットからきみに売却されたという記載を見つけたんだ」オーレリーが信じられないと言いたげに首を振り、ルークは笑ってみせた。「オーレリー・シュミット。きみの名前だろう」

「ご明察ね、探偵さん。でもここに来た理由は？」

「きみと話がしたかった」

オーレリーが眉をつり上げ、不愉快そうに笑みを浮かべた。「あら、この間ニューヨークでわたしを追い出したときはそんな感じじゃなかったけど」

「確かにそうだ。無礼に見えたとしたらすまない」

「見えたとしたら？　まあいいわ、わたしもドラッグ中毒に〝見えた〟ようだから」オーレリーはそう答えると彼に背を向け、暗く狭い廊下をキッチンへ向かった。廊下の色あせた壁には写真がたくさん飾ってあり、とても気になる。

「〝見えた〟？」そう繰り返しながらルークが足を止めると、そこは手入れもされていない裏庭に面した出窓から日差しが降り注ぐキッチンだった。オーレリーはマグカップからコーヒーを飲みながらも、ルークには勧めもしない。

「だから言ってるでしょ、どうでもいいって」

「そうはいかない。もしきみが何らかの薬物乱用問題を抱えているのなら、知っておく必要がある」ここへ来ることに迷いがあった理由の一つはそれだ。薬物の過剰摂取をする可能性があるような不安定な人間と仕事をするのはごめんだ。もう二度と、自分をそんな立場に置きたくはない。

「知っておく必要？」オーレリーはからかうように
そう言うと、盾か、あるいは武器のようにマグカップを目の前に掲げた。ルークはキッチンの戸口から動かなかった。あの中身をぶちまけられては困る。

「ほかに必要なものは、ルーク・ブライアント？」

「きみに仕事の提案がある」ルークは淡々と言った。

「だが、その前に知っておきたい。きみは何らかの薬物乱用問題を抱えているのか？」

「わたしが答えたらそれを信用するの？」

「ああ」

「ふうん」オーレリーがかぶりを振った。「ここに来た本当の理由は？」

「だから言っただろう、仕事の提案があると」ルークはいら立ちをのみ込んだ。衝動にまかせてここまで来たことをすでに後悔していた。「もういい。ぼくの話を聞くのか、聞かないのか、どっちだ。もしカムバックする気があるのなら――」

マグカップを握るオーレリーの手に力が入った。

「そんなこと、誰が言ったの？」

「ないなら、なぜうちのオファーを受けた？」

彼女が眉をつり上げた。「退屈しのぎ？」

ルークはオーレリーを見返した。その瞳は危険なほどに光り、唇はぎゅっと結ばれ、あごが震えている。「それは違うだろう」彼は静かに言った。

オーレリーが挑むように言った。「なぜわたしのカムバックになど興味があるの？ ニューヨークではそんなこと思ってもいなかったくせに」

「気が変わったんだ」

「へえ、そう」

「冷静に話し合えるならきちんと説明するよ。だが、まず質問に答えてくれ。きみは何らかの――」

「薬物乱用問題？ ないわ」オーレリーがうんざりしたように答えた。

「これまで一度も？」

「ええ」

「じゃあ、なぜあの日控室で倒れていた？」

「何も食べてなかったから。低血糖よ」オーレリーが無表情で答えた。あれがただの低血糖とは思えない、とルークは首をひねった。オーレリーは皮肉っぽい目で彼を見た。「信じるんじゃなかったの」

「疑り深いたちでね」

「ずいぶん正直だこと」

「ぼくはドラッグとは無縁だから」

「わたしもよ。驚いた、わたしたちにも共通点があるのね」ゆっくりと、あざけるように言う。

彼女がリハビリ施設に短期入院したというタブロイド紙の記事を、パーティで羽目を外している写真を思い出す。やはりこのまま帰ろうか。オーレリーはそんな彼の顔を見返し、冷たい笑みを浮かべる。

「だからといって、品行方正だったとは言わないわ。そんなふりをしたこともないし」

「わかっている」

「で、わたしに何をしろというの？」

「歌ってほしい、あと四店舗の開店セレモニーで」

冷たく皮肉っぽい笑みはそのままだが、オーレリーが驚いているのがわかった。しばらくして彼女が言った。「なぜ？　ニューヨーク店で歌ったときは気に入らないみたいだったのに」

「ああ、そうだ」ルークは淡々と答えた。「〈ブライアント〉はぼくにとって大切な店だ。そのイメージキャラクターに落ち目のポップスターを起用することには反対だった」

「ずいぶんはっきり言ってくれるわね」

「だが考えが変わった。前回のセレモニーは好評だったし――」

「そうね。落ち目のスターを使って店を再生させるという皮肉が新聞でも受けてたものね」オーレリーの言葉は苦い棘に満ち、ルークはやっぱりそうだとほくそえんだ。彼女も生まれ変わりたいのだ。

「みんなまだきみを見たがっていた」

「あの日一番盛り上がったのはわたしがつまずいたときよ。みんな、わたしが転ぶところを見に来ていたのよ」オーレリーが顔をそむけた。シャープな横顔を陽光が金色に縁取っている。

「ぼくはきみの転ぶところなど見たくない」

「えっ？」オーレリーが驚いたように向き直った。皮肉っぽさが消え、その顔は無垢で幼くさえ見える。あらわになった素顔を目にし、ルークは確信を得た。

「二度目のチャンスをつかむんだ、オーレリー。ぼくの話を聞いてくれ」

オーレリーはルークを見返した。〝みんな、わたしが転ぶところを見に来ていたのよ〟なぜあんな本音を言ってしまったのだろう。しかも、自分が傷ついたことまで知られてしまった。

この家ではお騒がせのポップスターを演じることはできない。祖母がいたこの家でだけ、わたしは安心して本当の自分でいられるのに。

ずっと閉じ込めてきた何かが外に出ようともがき、胸が苦しくなる。「帰ってちょうだい」なんとか冷静な声が出た。「あなたが言ったことにも、仕事のオファーにも興味はないわ。だから帰って」その声がしだいに震え始め、こみ上げる涙をこらえようと目をしばたたく。そんな自分にますます腹が立つ。

なぜこの人にこれほど感情を揺さぶられるの？ これまで誰も知らなかった、知ろうとしなかった心の奥をのぞかれたようで、不意に怖くなる。

「帰るよ」ルークが穏やかに言った。「だがその前に、一つだけ言わせてくれ」

キッチンの戸口に立つ彼は頑として動こうとせず、追い出すのは無理なようだ。それでいて、彼がいるとなぜか安心する。おかしいわ、これまで男なんて信じたことはないのに。ましてやいきなり乗り込んできて、きみを救うと宣言するような男なんて。

しょせん男なんてみんな同じよ。きみを救いたい、守りたいと言いながら、ただ体を求めているだけ。ルーク・ブライアントも例外ではない。

オーレリーは腕組みして冷たい笑みを浮かべた。

「いいわ。聞いてあげる」

「これからアジア各国の店舗の新装開店を予定している。きみにそこで歌ってもらいたいんだ」

「それぞれの店で《テイク・ミー・ダウン》を歌えと？ セクシーに体をくねらせて？」考えただけで胸が悪くなる。あんなのはもう二度とごめんだ。

ルークが深く穏やかな声で答えた。「いや、今回はぼくから、別のことを依頼したい」

オーレリーの中に疑念と、ほんのわずかな希望がわいた。「別のこととは？」

「新曲を歌ってほしい。さっき玄関ポーチの前にいたときに聞こえてきた曲を」

3

オーレリーがよろめきかけ、ルークは反射的に駆け寄ろうとした。こちらの狙いどおり、驚いたようだ。彼女の錆(さ)びた鎧(よろい)のようなスターの仮面を引きはがすためにはこれくらいのショックが必要だ。

「返事は？」

両腕を体に巻きつけてわずかに頭を垂れていたオーレリーが顔を上げ、ルークに鋭い目を向けた。

「あなたはあの歌を聴く前に訪ねてきたんだから、最初からそれが目的ではなかったはずよ」

「いや、そうなんだ。だが実際に聴いて確信したことは事実だ」

オーレリーが首を振る。「新曲のことをあなたが知っているはずない――」

「PR担当部長のジェナから聞いたんだ、あの日きみは新曲を歌いたがっていたと」

「あなたはジェナに勧められて訪ねてきたわけではなさそうね、彼女はこの歌を嫌っていたから」

「ぼくはジェナではない」

「そのようね」オーレリーがルークの全身にゆっくりと思わせぶりな視線を走らせた。ハスキーなささやきに包まれ、うなじの毛が逆立った瞬間、オーレリーは無垢(むく)の女性から歌で男を惑わすセイレーンへと変身した。そういえば、彼女のファーストアルバムのタイトルも《イノセント・セイレーン》だった。

だが、彼女自身に無垢(イノセント)なところなどない。そう思い込まされていただけだ――ふと気づくと、オーレリーがこちらに歩み寄ってきていた。きゃしゃな腰を揺らし、目を細め、笑みをたたえたピンク色の唇は思わずキスしたくなるほど魅力的だ。

「ルーク、あなたがここに来た本当の理由は何？」

オーレリーが静かにたずねた。前と同じようにその手を胸に当てられた瞬間、スーツとシャツの生地を通して伝わる手の温もりに鼓動が高鳴る。

「だから――」そこから先は言葉が出てこない。柑橘系のコロンの香りが漂い、彼女の髪が唇をくすぐる。ここへ来る前に心構えをしておくべきだった。彼女を前にするとなぜこんなに――

「わかっているわ」オーレリーがささやき、つま先立って唇と唇を軽く触れ合わせた。

ルークの感覚がいっきに爆発した。目の奥で、体全体で回転花火に火がつき、燃え上がったようだ。

「やめろ」彼は荒っぽく言い、一歩下がった。

「やめろって、何を？」からかうように言う彼女の息が唇にかかる。本能と欲望に屈し、ルークはオーレリーを抱き寄せて激しく唇をむさぼった。両手を細い背中からヒップへと這わせ、さらにキスを深めるうち、ルークは頭の奥のほうで気づいた。オーレリーはまったく動かず、死んだように固まっている。

彼はやっとの思いで体を離し、震える息を吐いた。鼓動はまだとどろいている。「今のは何だ？」

オーレリーが無表情で挑むように見返してきた。彼が衝撃を受けた今の行為にはまったく動じていない様子だ。「それはこっちのせりふよ」

「なぜキスなんかした？」

「あなたがしたかったんじゃないの？」

「そんなことはない」オーレリーの瞳に驚きが広がったが、彼女は何も言わなかった。「きみに魅力を感じていることは認める。だがそんな感情は持つべきではないし、ここに来た理由とも関係ない」

オーレリーが信じられないと言いたげに眉をつり上げる。「全然？」

嘘はついていない。人生で最も決定的な瞬間に事実を告げて信じてもらえなかったあの日から、嘘がつけなくなった。おまえのせいだと責められ――

よみがえる思いを振り払い、ルークはそっけない口調で言った。「多少は関係あるかもしれないが、そうであってほしくはない」

「へえ」まったく信じていないらしい口調だ。無理もない。初対面のときからぼくの肉体は彼女に反応していた。自覚はあったし、彼女も気づいていた。

「なぜぼくにキスした?」ルークは反撃した。「つい反応してしまったことは認めるが、先に仕掛けてきたのはきみだ。何か理由があるはずだ。はたから見れば破天荒に見えるとしても、きみの行動にはすべて理由があるとぼくは思っている」

オーレリーが小さく笑った。初めて見せる純粋な笑いだ。「それはどうも……ありがとう」

二人は見つめ合った。ひとまず休戦といったところか。だが、オーレリーをアジア各国の店舗の新装開店セレモニーに起用し、店と彼女の双方に対するパブリックイメージを一新するという当初の真面目な計画も、今のキスで適当な口実になってしまった。

なんのことはない、ここに来たのは彼女がほしかったから、それだけのことだ、と。

無頓着なふうを装い、またコーヒーカップを手に、オーレリーはカウンターをはさんで彼と向き合った。

ルークが腕組みした。「まだ答えを聞いてないぞ、なぜぼくにキスしたのか」

「べつにいいじゃない」オーレリーは肩をすくめた。

もともとは、彼が求めているのはわたしの歌などではないと証明するために始めたキスだった。でも彼の柔らかい唇や髪に触れるうち、そんなことは頭から消え、信じられないことに……欲望のようなものが芽生えた。けれども彼がキスを深めると、またいつものように何も感じなくなってしまった。

冷めたコーヒーを飲む。キスなどするべきじゃなかった。唯一わが家と思えるこの場所で演技はしたくない。でもルークのような人を、いいえ、誰を前にしても、ありのままの自分でいるすべがわからない。ずっと演じ続けてきて、今さらやめられない。

「あなたこそ、なぜセレモニーにわたしを使いたいのか聞かせてよ、本当の理由を」

ルークが絞り出すように言った。「うまく説明できないんだ。ビジネス上の利点ももちろんあるが、それだけじゃなく……」肩をすくめ、両手を広げる。

「きみにひかれていることも事実だ。だが、それについて何か行動を起こすつもりはない」

「たった今起こしたけど」

「口に舌を入れられれば反応するさ。ぼくも男だ」

そうよね。男はみんなそう。でも彼の正直さには驚かされる。否定したり、嘘をついてもいいのに。

「なぜそんなに正直なの？　嘘をつくと鼻が伸びるとか？」

ルークが表情を消して目をそらした。「さあね」

「じゃあ、何をたずねても正直に答えるの？」

「嘘は嫌いなんだ」

「嫌いなの、それとも下手なの？」

「どっちもだ」

「まあいいわ。アジアの仕事について聞かせて」

「アジア各国で四店舗の新装開店を予定している。マニラ、シンガポール、香港、東京だ。それぞれの開店セレモニーで歌ってもらいたい」

「新曲を？　それはリスクが大きいんじゃない？」

ルークが挑むように、問いかけるように眉をつり上げた。「そうか？」

「玄関ポーチでどれくらい聴いていたの？」

「けっこう長く」

感想をきいてみたいという衝動に駆られる。何カ月もかけて作った曲だから、自分でも思った以上に大切なものとなっている。だからあえて感想はきかない。「なぜいつものオーレリーじゃだめなの?」

ルークがわが意を得たりとばかりにうなずいた。

「そこだよ。〝いつものオーレリー〟は演技だろう。本当のきみじゃない」

心の奥まで見通すような彼の視線に居心地の悪さを感じながらも、オーレリーは心のどこかで叫んでいた。そう、あれは演技で本当のわたしじゃない。それに気づいたのはあなた一人よ。そんな思いを笑い飛ばすように、オーレリーは天を仰いでみせた。

「当然でしょう、ブライアントさん。有名人なんて、誰もがうまく演技しているだけよ」

「ルークと呼んでくれ」オーレリーが黙っていると、ルークが一歩前に出た。「引き受けてくれるか?」

「今すぐ返事はできないわ」

「早めに頼む。来週はもうフィリピンに飛ぶから」

オーレリーはゆっくり息を吐いてかぶりを振った。

ノーとは言えないけれど、ただ……。

「怖いのか?」

「は?」

「ぼくが怖いんだろう。なぜだ?」彼女が驚いて見つめ返すと、ルークが魅力的な笑みを見せた。「お互い正直になろう。なぜぼくが怖い?」

オーレリーはむっとした。「あなたを知らないからよ。いきなり家まで押しかけてきて——」

「入ってもいいかと丁重にたずねただろう。それに、キスしてきたのはきみのほうだし——」

「それは忘れて」オーレリーは顔をそむけた。彼は見ているようで見ていない。そんな彼に混乱させられ、何かを求めたくなってしまう自分が腹立たしい。

「怖くなんかないわ」本当はすごく怖い。

「怖いのはぼくか、それとも歌うことか?」リラックスして自信に満ちたルークが一歩近づいてくる。

「どっちでもないわ」どっちもよ。

「嘘が下手だな」

オーレリーはぱっと向き直り、きつい言葉を返そうとしたが、何も思いつかなかった。ひとりよがりの怒りは消え、精一杯張っていた虚勢も崩れ去った。自分以外の誰かを演じ、平気なふりを装うのにも疲れた。たとえ、自分の本当の姿を人に見せるのがどれほど怖くても。

「もちろん、少しは……気になるわよ」自己防衛本能でまだ身構えながらオーレリーは言い返した。

「記者たちはわたしを笑いのネタにしようと待ち構えているし、みんなわたしの悪口を言って喜んでいる。そんなふうに何度も何度も自分をさらし者にして楽しいと思う?」

ルークがじっと見つめてくる。オーレリーは茶化したりごまかしたりしたくなるのをこらえ、その場に立ったまま、昂然と顔を上げて彼を見つめ返した。

「楽しそうにふるまっているじゃないか」

「言ったでしょう、有名人はみんな演技していると。ポップスターのオーレリーもただの虚像よ」

「なら、オーレリー・シュミットは何者なんだ?」

オーレリーは彼を長い間見つめた。答えようがない。わたしは十六歳のときから有名人なのだから。

「関係ないでしょう。オーレリー・シュミットに興味がある人などいないもの」

「きみという人間を知れば、興味もわいてくるさ。試してみる価値はある」

リスクが大きすぎる。「指図しないで」

ルークはポケットに両手を突っ込んだ。「わかった。じゃあ、これからディナーに行こう」

「なぜ?」たちまち疑念がわいてくる。

「ビジネスディナーだよ。アジアの仕事について詳細を話し合うんだ」

オーレリーは首を振りかけてやめた。まだ始まってもいないのに扉を閉めるつもり? わたしはそんなに臆病なの? 「まだやるとは言ってないけど」

「わかっている」

オーレリーはゆっくり息を吐いた。確かに怖い。歌うことも、ルークのことも、彼にどこまで見られ、知られるかも。それでいて、心のどこかでは知ってほしいと望んでいる。「いいわ」

「この近くでどこかいい店はあるかい？」

「隣町まで行けばファストフード店があるけど、半径五十キロ以内にはレストランなどないわ」

　黙ったまま何か考えているルークの視線に落ち着かなくなる。やっぱりやめておけばよかった――

「よし、それならぼくが料理しよう」ルークが言った。「ミシュラン並みとは言わないが、ステーキとフライドポテトくらいならできる」

「ステーキ肉なんかないわよ」

「じゃあ、ちょっと行って買ってくるよ。食べながらアジアの仕事について話そう」

　そんなルークの言葉にまだためらいながらも、生まれ変わるチャンスを与えてくれているのだと思い直し、オーレリーははしぶしぶうなずいた。「わかった」

「よし。三十分で戻るよ」

　ルークは一時間ほどかけて買い物をした。オーレリーにも時間が必要だと考えたからだ。分厚いフィレ肉とジャガイモ一袋、サラダ用の野菜を選び、ワインも買おうかと考えたがやめておいた。これはビジネスディナーだ。どれほど欲望が燃え上がろうが、さっきの激しいキスの記憶がよみがえろうが――

　飲料品売場で足を止め、おまえは何をやっているんだと自分に問いかける。頭ではただのビジネスだと思いつつ、体は彼女の唇の感触を、声の響きを、思いのにじむ瞳を覚えている。求めている。これは危険だ、どうかしているぞ。

　背筋を伸ばし、いつものように論理的に考えようと努める。彼女に欲望を感じているのは事実だ、それは認めよう。だが、これはあくまでもビジネスだ。〈ブライアント〉のセレモニーでオーレリーをうまくカムバックさせることができれば、それは店にとっても格好の宣伝材料となる。そのためにぼくはここに来た、それだけのことだ。

決然とレジへ向かいながら、ルークはわずかな違和感というか、罪悪感のようなものを感じていた。ぼくは嘘はつかないとオーレリーには言ったが、今まさに自分に嘘をついていると感じる。

町の端にある彼女の家へ戻ったときには夕方になっていた。日差しが傾き、気温も少し下がり、家の外のカエデの葉も赤く色づき始めている。

玄関のベルを鳴らし、近づいてくる軽い足音に耳を澄ます。ドアを開けたオーレリーはシャワーを浴びたらしく、まだ湿った髪を耳にかけていた。淡い緑のカシミヤセーターとスキニージーンズに着替え、足もとには鮮やかなピンクの靴下をはいていた。

ルークは靴下に目をやった。「暖かそうだ」

オーレリーが小さく笑った。「足が冷えるから」

彼女の表情が素直になっている。いいことだ。オーレリー・シュミットとはどんな女性なのか、それがわかるかもしれない。

だが、本当に知りたいのか？

彼女が道を空け、ルークは食料品の袋を抱えて中に入った。「キッチンを使っていいか？」

オーレリーは一瞬ためらってから、肩をすくめて短く答えた。「どうぞ」

十五分後、彼はステーキ肉にオリーブオイルを塗ってオーブンに入れ、ジャガイモは細切りにしてコンロで揚げ、サラダを混ぜていた。オーレリーはスツールに腰かけてそんな彼を眺めていた。

「料理はよくするの？」

「ときどきね。弟のチェイスみたいにグルメではないが」

「弟さんは料理がうまいの？」

ルークは肩をすくめた。弟のことなど話さなければよかった。これまで、家族にまつわる忌まわしい記憶を封じ込めようと努めてきた。だが、この女性の何かが——繊細さのようなものが、あの記憶を再び呼び起こそうとする。「弟はなんでもうまいんだ」そう答え、ルークはフレンチドレッシングに手を伸ばした。「きみは、きょうだいは？」

「いないわ」口調がそっけない。彼女も家族の話はしたくないようだ。それならそれでいい。

サラダの仕上げも終わった。「もうすぐ完成だ」

オーレリーが皿を出そうと立ち上がる。「すごくいい匂い」

ルークは顔を上げて苦笑いした。「大人の会話ができるようになったじゃないか」

「まあね」オーレリーは笑い返すことなく、皿を胸に抱いて深呼吸した。「ねえ、慈善事業か何かのつもりで来たのなら、忘れてちょうだい。わたしは憐れみなどいらないから」

ルークは体を硬くした。「憐れんでなどいない」

「憐れみでないなら、なんなの？」

ルークは歯を食いしばった。「何が言いたい？」

オーレリーがあごを上げた。「信じられないのよ、あなたがわたしに歌の仕事を依頼するためにわざわざこんな田舎町まで来たなんて。あの歌を聴いてもいなかったのに。ひどい歌かもしれないのに。本当の理由は何なの？」疑念の声がルークの胸に突き刺さる。ぼくが彼女と寝るために来たと、本気でそう思っているのか。

ぼくはそんなつもりで来たのか？

冗談じゃない、これはビジネスだ。〈ブライアント〉を、そしてオーレリーを救い、生まれ変わらせるための策だ。ルークはカウンターに両手をついた。

「きみの体が目的だとか、そんなふうに思っているのなら誤解だ」

オーレリーが首をかしげた。「本当に？」

「きみはこれまでどんな男と出会ってきたんだ？」

「たくさんいたけど、男はみんな同じだったわ」

「ぼくは違う」それを証明してみせなければ。ルークは彼女の荒れ狂う瞳に目を据えたまま、その手から皿を取った。「さあ、食べよう」

料理を盛りつけ、キッチンの隅のテーブルへ運ぶ。窓の外は夕暮れ時で、空はすみれ色に染まっていた。街の喧騒に慣れているルークは周囲の静寂を、そしてオーレリーの孤独と疑念を肌で感じた。

「ふだんはここで暮らしているのかい？」

「そうよ」

「ここは好き？」

「好きでなければ、かなり寂しい生活よ」

ルークは彼女の向かいに座り、フォークとナイフを取った。「質問にまっすぐ答えない人だな」

オーレリーが彼を見つめ返した。「そうかもね」

「まあいい、ビジネスの話だ」ルークは無理やり話題を戻そうとしたが、それはかなり難しかった。もっとこの家について、彼女の生活について、人生についてきいてみたい。廊下に飾られていた写真を見たい、さっきの歌を聴きたい、そして――

ビジネスの話をしろ。

「簡単なことだ。十日間で四回、新曲を一、二曲歌ってもらう」

「お客さんの期待を裏切ることになるわ」

「わかっている」

オーレリーが驚いた顔をした。「あなたはそれでいいの？　PR担当部長は反対するでしょう」

「会社のCEOはぼくだ」ルークは平然と答えた。

オーレリーがゆっくりと言った。「でも、人は自分が期待するものを求めるものよ。期待どおりの、自分が知っているわたしを見たいのよ」

「だからこそ、変わった姿を見せてほしいんだ。〈ブライアント〉と同様、きみもアメリカのみならず全世界でも有名だ。きみがイメージチェンジできるなら、誰だってできるはずだ」

「新聞記事によると、あなたの店はすでにイメージチェンジに成功したらしいじゃない。もうわたしなんて必要ないでしょう」

確かにそうだ、とルークは一瞬ためらってから答えた。「あの記事は気に入らない」

オーレリーが唇をゆがめて笑った。「自己卑下とか、かつての名店とか、そういうところ？」

「そうだ。あんな皮肉交じりのお世辞はいらない。文句のつけようがない大成功にしたいんだ」

「ほどほどで満足することも必要よ」

「ぼくのビジネスのやり方はそうじゃない」

オーレリーが目をそらし、やがて低い声で言った。

「もしわたしが変われなかったら？」

「それを知る方法は一つだけだ」オーレリーは黙っていたが、彼女がそれについて考え、悩み、希望に胸をふくらませているのがわかり、ルークはてきぱきと続けた。「ホテルの用意もするし、契約金だって改めて交渉しても――」

「お金なんかどうでもいい」

「正当な契約をしたいだけだ」

オーレリーは皿の上の料理をフォークでつついている。あまり食べていないようだ。「それでも、やっぱり憐れみのように思えるわ」

「そんなことはない」

目を上げたオーレリーの顔には、かつての名残のような皮肉っぽい笑みが浮かんでいる。もっと幸せそうに笑ったら、さぞ魅力的だろうに。「あなたは嘘がつけないんだったわね」

「そうだ。これは憐れみというより共感だ」

「そんなのただの言葉遊びよ」

ルークも思わず笑みを浮かべた。「わかったよ。さっきも言ったとおり、ぼくはきみを憐れんでいるわけじゃない。ただ――」

「気の毒だと思っている」

「先走って言うのはやめてくれ。ぼくはただ……」

ルークは疲れたため息をもらした。自分の気持ちを話すのは昔から苦手だ。十三歳のときに母を亡くし、父とも、兄や弟とも距離ができた。だがこうしてここにいる今は、オーレリーの言うとおり、嘘はつけない。「きみの気持ちがわかるからだ」

オーレリーが驚いたように眉をつり上げた。

「どういうこと？」

「生まれ変わりたいと思う気持ちがわかるんだ」

「あなたも変わりたかったの？」

ルークは肩をすくめた。「ぼく自身も乗り越えなければいけない壁があった」

「壁って？」

こんな話をするべきじゃなかった。苦しみさいなまれた記憶を呼び覚ますだけなのに。「つらい子ども時代だった」

オーレリーが唇をぎゅっと結んだ。「裕福だけど孤独な子どもだったとか？」

思わず体をこわばらせたルークはリラックスしようと努めた。「まあ、そんなようなものだ」

オーレリーが顔を上げ、挑むように目を光らせた。「わたしは変わりたくなどないと言ったら？」

あまりにも見えすいた強がりに、ルークは思わず笑いそうになった。「だったらなぜ今までと違う曲を作った？　なぜそれを歌わせてくれと言った？　もう何年も人前で歌っていなかったのに、なぜうちのオファーを受けた？」

オーレリーが唇をゆがめた。「ネットで調べたのね、わたしのこと」

「調べるまでもない、周知の事実だ」オーレリーはその言葉に黙ったままかぶりを振り、ルークは早口で続けた。「とにかく、ぼくはここ数年〈ブライアント〉を改革しようと努力して――」

「うまくいかなかった理由は？」

　ここでは専制的な兄アーロンの話を持ち出したくない。ルークは言いよどんだ末に答えた。「変化はそんなすぐに起きるものじゃない。百年の歴史を誇る店だから、抵抗もあるのさ」

「変化に抵抗はつきものよ」

「ほらね、ここでもぼくたちには共通点がある」

「あなたは店を、わたしは自分自身を改革したいと思っている」

　ルークは答えなかった。オーレリーの声音はとがっていて、単純に同意するべきではなさそうだ。

　どうしてもオーレリーが必要なわけではない。店舗のセレモニーで歌ってもらう必要もない。

　そう思いながらも、あの雨に濡れたような瞳で見つめられると、なぜか心の奥がぎゅっとつかまれる。ただの欲望よりもっと深い何かだ。これまで三人の女性とそれぞれ長い期間つき合って満足もしてきたが、自らの感情に引きずられるような、こんな竜巻のような感覚は初めてで、恐ろしいほどだ。

　今すぐ席を立ち、この家から出ていくのが賢明だ。オーレリーから、その複雑さから逃れ、いつものようにさっさと仕事に、自分の人生に戻るのだ。冷静に着実に、深入りすることなく仕事を片付けるのだ。

　だが、ルークは動かなかった。

　オーレリーは大きく息を吸い、ゆっくり吐き出してから言った。「歌を聴いてもらうわ」

　その言葉に驚き、感動すら覚えてルークはうなずいた。「聴かせてくれ」

　オーレリーがかすかにほほえみ、ルークは黙ったまま彼女のあとについてキッチンを出た。

4

オーレリーは家の正面に面した音楽室へルークを案内した。冷や汗がにじみ、緊張で頭がくらくらする。倒れませんようにと心の中で祈る。また薬物の過剰摂取で倒れたと思われるのだけはごめんだ。

ピアノの前で足を止め、こんな提案をしたことを後悔する。なぜわざわざ自分をさらけ出すようなことをするの？　お金などいらないし、もう二度と公衆の面前で歌う必要もないのに。

でも、歌いたいと心が求めている。自分にとって大切なものを目の前のこの人と分かち合いたい――たとえ死ぬほど怖くても。

「オーレリー？」

彼女の名を呼ぶ静かで優しい声に、心の奥がずきんと痛む。オーレリーはルークから顔をそむけて言った。「あの曲はギターで歌ったほうがいいの」

祖母が亡くなる直前に買ってくれたアコースティックギターを手に取る。〝本当の自分を忘れないで、オーレリー。他人に振り回されちゃだめ〟でもわたしはその忠告を忘れ、さんざん振り回されてきた。ギターのネックを握り、怖くてルークの顔を見ることもできないまま、うつむいてチューニングを始める。今日の午後弾いたばかりで必要もないのに。

張りつめた数分ののち、オーレリーはもう耐えられなくなった。でもいざ歌って、歌を、彼女自身をルークに否定されるのが怖い。彼がなんと言おうと、わたしを憐れんでいることは確かだ。それがわかっていても、やはり傷つく。

「この曲は長い無音のイントロでもあるのか？」

そのジョークで緊張がほぐれた。「せっかちね」

オーレリーはくすっと笑うと、大きく息を吸って歌い始めた。最初の数小節の物悲しいコードが部屋に広がる。ポップスター時代の陽気なナンバーとは違い、低く温かく優しい歌声だ。〝冬が来たのね　こんなに早く　わたしは一人立つわ　冷たい風がこの涙を　吹き飛ばしてくれるまで〟そこで一瞬ルークの反応を見ようとしたが、室内は音楽で満ちあふれている。〝風に向かって立ち　音に耳を澄ますの　心だけは手放さないで　あなたを壊してしまうから〟いつしかルークの存在を忘れ、オーレリーは歌に没頭していた。

だが最後の和音が消え、部屋が静寂に包まれると、オーレリーの心は再び重く沈んだ。ルークの顔を見られないまま、彼女はギターに目を落として弦をはじき、震える声で小さく笑った。「ちょっと暗い感じの曲でしょ。新装開店セレモニーにはあまりふさわしくないんじゃない」

「そんなこと関係ない」その声からは何も読み取れず、オーレリーはまだ顔を上げられなかった。「もちろん、もう少し明るい感じの曲があるなら、それも歌ってくれればいい」

希望と不安がないまぜになった思いがオーレリーの胸の中で跳ねる。顔を上げると、ルークがじっとこちらを見ていた。だがその瞳からはまだなんの感情も読み取れない。「いいの？」

「ああ」

オーレリーはごくりとつばをのんで言った。「それで……どうだった？　感想は？」

「すばらしかった」ルークが静かに、真摯に答えた。

「そう」オーレリーはまたギターに目を落とし、こみ上げる涙をまばたきでけんめいにこらえた。だめよ、この人の前で泣くなんて、絶対にだめ。「それはよかったわ」下を向いたままでいると、ルークが姿勢を変えるのがわかった。向かい合って座っていた彼が身を乗り出し、膝と膝が触れそうだ。

「怖いと思う気持ちは理解できる」

「怖いなんて言ってない」言い返したとたん盛大に鼻をすすり、泣きそうだったのがばれてしまう。

「怖がることはない」ルークが彼女の膝に片手を置いた。「きみ自身のことを歌った曲なんだろう」

だから今、こんなに無防備な気分なのだ、自分を守る鎧をすべてはがされて。オーレリーは膝に置かれた大きな手を見つめた。「ただの歌よ」

「そうか?」

顔を上げた瞬間、オーレリーはどきりとした。ルークのまなざしは優しく、理解と共感にあふれていて、むき出しの自分を丸ごと受け入れてもらえたような、不思議な気分になる。「ルーク……」その声がかすれ、ルークの瞳が燃えた。空気が張りつめ、優しかった時間が違うものへ、オーレリーがよく知っているものへと変わりつつある。


そう、いつもと同じ、セックスだ。心のどこかでは落胆しながら、別の部分が燃え上がる。

ルークが彼女の膝から手を離して身を起こした。

「帰るよ。もう遅くなった」

「これからニューヨークまで車で帰るのは無理よ」

「どこか宿を探すよ」ルークが立ち上がりかけ、オーレリーは胸の中で閉じ込められていた鳥が暴れ出すようなパニックに襲われた。

「うちに泊まってもいいわよ」

ルークが無表情で見つめ返し、オーレリーはその視線を避けるように顔をそむけてギターを脇に置いた。また胸がとどろいている。自分が何を言おうとしているのか、何を求めているのかわからない。ただ、このまま帰ってほしくない。

「それはやめておいたほうがいい」しばらくしてルークが答え、オーレリーは彼に向き直った。

「どうして?」

ルークが苦笑いしたが、その目が暗くかげっているのをオーレリーは見て取った。「ぼくたちはビジネスの契約を結ぶんだ。関係を複雑にしたくない」

オーレリーは無頓着を装って眉をつり上げた。

「どうして複雑になるの?」

「ぼくに何を言わせたいんだ、オーレリー?」

わたしの名を呼ぶ彼の声が好きだ。おかしな母につけられたおかしな名前がずっと嫌いだったけれど、ルークが口にすると違って感じる。もっと自分らしく──いつかこうなりたいと思う自分らしく感じられる。「あなたは何を言わせてほしいの?」

ルークが低く笑った。「また素直に答えない」

「あなたを退屈させたくないの」

「きみといれば退屈などしない」こちらをまっすぐ見つめる彼の瞳は熱く燃えている。自分の奥深くにも熱く燃えるものを感じ、オーレリーは驚いた。男性に欲望を感じるなど、もう長い間なかったからだ。

でも今、目の前の相手に欲望を感じている。これまでいやというほど経験してきた力や支配、何かと引き換えに差し出すセックスとは違う。ただ単純に彼がほしい、彼といっしょにいたいと思っている。

「そう?」彼女はささやくような声で言った。ルークは身動きせず、何も答えない。その瞳には疑念と欲望がにじんでいる。オーレリーは一歩前に出て、彼の眉間に寄ったしわを指先でなぞった。「あなたは考えすぎよ」

ルークが苦笑いを浮かべた。「どうやら今は脳以外の部分が働いているみたいだ」

「たまには脳以外の部分を働かせてもいいんじゃない?」オーレリーは低く笑うと、指先で眉間から頬へとなぞった。伸び始めたひげがちくちくする。彼に触れるのが好きだ。変だけど、気持ちがいい。

ルークが目を閉じた。「本当に、やめておいたほうがいい」

「それは脳が言っているんでしょう」

「そうだが――」

オーレリーは彼の唇に親指を当てた。柔らかく豊かで、それでいて男っぽい唇だ。彼が目を閉じているのをいいことに顔をじっくり観察する。あごの線と鼻梁は男らしく力強いのに、まつ毛は黒く長い。

「しいっ」そうささやき、親指をゆっくり彼の口の中へ差し入れる。唇が開き、温かく濡れた舌に触れると、ルークがその指をそっと噛んだ。下腹部に電流のような欲望が走り、オーレリーは驚き震えた。目を開けたルークの瞳も欲望に燃えていた。指をそっと吸われ、彼女は震える息を小さく吐いた。

やがてルークは身を引き、またいぶかしげに目を細めた。「なぜこんなことをする？」

オーレリーはほほえんだ。「しちゃだめなの？」

「これまで出会った男たちとぼくを同類として扱わないでほしい」

「そんなことしないわ」そうじゃないことはわかっている。彼の言ったとおり、ルークはこれまでに会った男たちとは違う。だから帰らないでほしい。ここにいてほしい。「本当に、考えすぎよ」そうささやくと、オーレリーはまた一歩前に出て、彼の膝にまたがるように座った。硬いたかぶりが押しつけられ、彼女はさらに腰を動かして体を密着させた。

「なかなか上品な動きだな」ルークが半ばうめくような声をもらした。

「ステージで踊ってきたから体が柔らかいの」

「オーレリー……」

「わたしの名前を呼ぶあなたの声が好き」

ルークが彼女の背中に両手を回し、ヒップをしっかり支えた。「こんなこと、本当にやめるべきだ」

そうつぶやく彼にオーレリーは体を押しつけた。

「じゃあ、どんなことならいいの？」ルークにさらに強く体を抱き寄せられ、オーレリーは勝ったと思った。押し寄せる勝利の感覚と欲望の中に、わずかな落胆と傷心が混じる。結局、男はみんな同じだ。

ぼくは誘惑されている——ルークは少なくとも十五分前からそれに気づいていた。彼女の瞳が意味ありげにきらめいたとき、やめろ、かかわるなという理性の声とはうらはらに、体は快哉を叫んでいた。

人格が二つに分裂したかのようだ。一人は一メートルほど後ろに立ち、おまえは彼女から指摘されたとおりのことをしていると冷たく糾弾している。セックス目当てで彼女をベッドに連れ込もうと——

だが、誘っているのは彼女のほうだ。

そしてぼくもそれを望んでいる。

それでもなお頭の中で声がする——オーレリーと寝るのは大きな間違いだ、アジアでの仕事も、おまえ自身の私生活も、正気さえも危うくなるぞ、と。

だが、もう一人の自分は、こうして抱いているのはスターのオーレリーじゃない、オーレリー・シュミットだと言い張る。あの切なくも美しい歌を聞かせてくれた、瞳の奥に本当の気持ちを隠している、一人の女性なのだと。

いや、むしろそのほうがまずいのではないか。素顔のオーレリー・シュミットはもろく、理解しづらいが、虚像の彼女よりずっと魅力的だ。膝の上にいるのがスターのオーレリーだろうが素顔の彼女だろうが、どちらにしてもこれは間違いだ。

だが、あえてその間違いを犯そうとルークは決めた。両手を彼女の背中からすべらせて髪をなで、顔を包み込んでキスをする。唇を一度、二度と軽く触れ合わせてから深くむさぼると、やめろと言っていた理性の声は聞こえなくなった。

欲望で頭がぼうっとしながら、もつれる足できしむ階段を上り、ドアを開けたことは覚えている。部屋には乱れた大きなベッドがあり、その前にオーレリーがかすかな笑みを浮かべて立っている。彼女のセーターを脱がせ、ジーンズのボタンを外すと、オーレリーはジーンズを脱ぎ、ブラジャーとショーツだけの姿でベッドで待ち受けた。

だが、そのあごは小刻みに震えている。

　体を熱くたぎらせ、痛いほどの欲望を感じながらも、ルークはためらった。「オーレリー――」

一瞬目に不安げな影を宿したオーレリーが手を伸ばしてルークのスーツの襟をつかんだ。

「もう後戻りはできないわ」そう言って彼の唇をむさぼるオーレリーに、ルークも激しくキスを返した。

　欲望が波のようにすべてをのみ込んでいく。彼女の指がもどかしげに彼のパンツのファスナーを下ろす。

「オーレリー……」その指にたかぶりを包み込まれ、ルークはうめくように名を呼ぶと、レースのショーツの脇からなめらかな太ももを愛撫した。そのままさらに上へ手を這わせ、キスをさらに深める。欲望で体が痛いほど脈打つ。だが、両手で彼女の体をまさぐるうち、脳の一部が違和感を覚え始めた。

　オーレリーが反応しなくなっている。背中に回されていた腕がだらりと垂れ、体をこわばらせて横たわっているだけだ。

　彼女がすすり泣きのような、吐息のような震える息をもらすと、ルークは身を引いてその顔を見た。

　オーレリーは目をぎゅっとつぶり、呼吸は荒く、全身をこわばらせている。まるで拷問でも受けているような姿だ。

　なんてことだ。ルークはうめいて彼女から離れた。体は満たされない欲望にうずき、心は後悔にさいなまれている。だから言ったんだ、間違いだと。

「どうした？」問いかけてもオーレリーは答えず、黙ったままベッドを下りてバスルームへ消えた。ドアが閉まる音に、ルークは片腕で目をおおった。何が起きたのかわからないが、きっとぼくのせいだ。ドアの向こうで彼女が動き回り、戸棚を開け閉めする音がする。そのまま何分も過ぎ、ルークは後悔と恥ずかしさに加えて不安に襲われた。鍵のかかったドア、静寂、ドアのこちら側で感じる無力感。何かがおかしい、何か悪いことが起きているという不安が忍び寄る。

ルークはベッドから立ち上がるとパンツを上げ、ベルトを締めてバスルームのドアへ向かった。

「オーレリー？」返事がない。不安がさらにこみ上げる。「オーレリー」もう一度呼んでドアを開ける。

彼女の姿を目にした瞬間、ルークはうめいた。洗面台の前に立つオーレリーが片腕を伸ばし、もう片方の手に薬剤を満たした注射器を持っていた。ルークは反射的にその手を払いのけ、注射器は音をたてて床に落ちた。

オーレリーは無表情のまま固まった。「もったいないじゃない」しばらくしてのろのろと言った彼女はかがんで注射器を拾い上げた。

「何をしている？」

オーレリーが皮肉っぽい目で彼を見た。「あなたこそ、わたしが何をしていると思ったわけ？」

ルークは彼女を見返した。混乱と怒り、恥ずかしさがいちどきにこみ上げる。どういうつもりだ。

〝薬物問題など抱えていないとわたしが言ったら、信用するの？〞する、とぼくは答えた。

ルークは努めて冷静に言った。「何かドラッグを打とうとしているように見える」

オーレリーがまたあのいまいましい笑みを浮かべた。からかいと防御の笑みだ。彼女は消毒用アルコールを含ませたコットンで注射器を拭いた。「ご名答。今まさにそうするところよ」

そしてルークの見ている前で、彼女は注意深く上腕に注射器の針を刺した。

ルークは両手のこぶしを握りしめた。「話してくれ、これはいったいどういうことなんだ」

オーレリーが化粧ポーチに注射器をしまった。ファスナーを閉める前、ポーチの中に透明の薬瓶が何本か見えた。彼女が小さく疲れたようなため息をもらした。「安心して。ただのインシュリンだから」

寝室に戻るオーレリーをルークは振り返って見つめた。「インシュリン？　きみは糖尿病なのか？」

「当たり」彼女はドアにかかったバスローブを取って羽織り、ベッドの端に腰かけた。ふわふわのフリースに包まれてぽつりと座る姿が幼く弱々しい。

「なぜ言わなかった？」

「いつ言えばよかったの？　控室で倒れていたとき、それとも洗面台に顔を突っ込まれたとき？」

ルークも寝室へ戻り、オーレリーの向かい側の椅子に腰を下ろして髪をかき上げた。「つまり、ニューヨーク店で意識を失ったのも低血糖のせいだった

のか？」確かに、あのときそう言っていた。

「出かける前に血液検査をするのを忘れたの」

「それは危険じゃないか――」

オーレリーが小さく笑った。「言われなくてもわかってる。もうこの病気と十年近くつき合っているのよ。久しぶりのステージに緊張して忘れただけ」

よけいなことをしゃべりすぎたと思ったか、彼女は腕組みして目をそらした。表情が硬い。

「今日ぼくがキッチンでたずねたときに言えばよかったじゃないか」

「言っても信じなかったでしょう」

「あのときはまさか、食事を抜いたくらいで倒れたなんて信じられなかっただけだ。もしそんな持病があると知っていれば――」

「何か疑わしいことが起きるたびに説明しろというの？」オーレリーがぴしゃりと言った。「もしあなたが意識を失って倒れたら、ドラッグをやったせい

だ、こいつはドラッグ中毒だと誰かに思われる?」

「そんなわけないだろう。だがぼくは――」

オーレリーがきらりと目を光らせる。「何?」

「ぼくはきみじゃない。きみはあのオーレリーだ」

口に出した瞬間、こんなことは言うべきじゃなかった、考えるべきじゃなかったと後悔する。

オーレリーが硬い表情で顔をそむけ、静かに言った。「ええ、そのとおりよ」

ルークは両手で頭を抱えた。「ぼくが言いたかったのは、きみが……その……」

「わかってる、自分がどう見られてきたかは」彼女の目が光り、あごが震えた。彼女は恐れ、悲しんでいる。ぼくも同じだ。なぜこんなことになった?

疲れと悲しさ、そして怒りがこみ上げ、ルークはかぶりを振った。「オーレリー、さっきベッドで何が起きた? なぜきみはあんな……拷問でも受けているような反応をした? ぼくをベッドに誘うこと

で何かを証明しようとしたのか?」ぼくが彼女の言ったとおり、ほかの男と同じく彼女の体が目的だと証明するためにぼくをはめたのか? 答えようとしないオーレリーに、ルークは重苦しい声で言った。「だとしたら成功だな。おめでとう」

しばらく黙ったまま彼を見下ろしていたオーレリーがやがて口を開いた。「まだわたしに行ってほしい? アジアへ」

ルークは信じられないとばかりに笑い声をあげた。「こんなことがあっても、まだ行く気なのか?」

彼女が冷たい表情で眉をつり上げた。「何か問題でも?」

恥ずかしさも忘れて怒りがこみ上げる。彼女にもてあそばれた。確かにぼくも、誘惑されたのをこれ幸いと、自分勝手にことを進めた。だが、彼女が自分のゆがんだ目的のためにぼくを冷酷に利用したことは確かだ。彼女が膝に座ってくるまで、セックス

のことなどまったく頭になかった。

嘘(うそ)つきだな。

「ああ、オファーはまだ有効だ」ルークは疲れた声で言った。こんな不愉快な出来事からだって何かいい結果が生まれるかもしれない。「詳細は秘書からメールさせる。二十四日にはマニラに入ってくれ」

そう言って立ち上がるとオーレリーが驚いたように目を見開き、ルークは少し満足感を覚えた。

「帰るの？」

「ここには泊まりたくないし、きみもそれを望んではいないだろう。もう目的は果たしたんだから」バスローブにくるまったままのオーレリーが燃えるような目で見つめてくる。ルークはまた恥ずかしさがうずくのを感じた。「神に誓ってもいい、ぼくはきみと寝るためにここへ来たんじゃない」

オーレリーは何も答えず、ルークは首を振って寝室をあとにした。

5

ルークが用意してくれたマニラのビジネス街にある〈マンダリン・オリエンタル〉のデラックススイートで、オーレリーは廊下の鏡に自分の姿を映して見た。もうこれで五回目だ。数時間前にホテルに到着し、十分後にバーでルークと待ち合わせている。

緊張でめまいがし、吐きそうだ。

大きく息を吐き、また鏡を見る。化粧は目の下の隈(くま)を隠すくらいしかしていない。十日前にルークが寝室から出ていってからというもの、ろくに眠れていないのだ。

思い出すとまためまいに襲われ、一瞬目を閉じる。ルークのことを考えるたび、あのひどい夜の記憶がよみがえった。彼の目に浮かんでいた非難と軽蔑、そして困惑の色。そして自分自身のひどい態度。

あの夜ルークをベッドへ誘ったのは、彼が思ったように彼をはめるためではなかった。少なくとも最初は、彼がほしいという純粋な欲望に従って動いただけだ。彼の体に触れたとき、自分の中で光を求めてもがいていた何かが花開いたような気がした。でもそのあと、すべてがいつもどおりおかしくなった。ベッドに横になった瞬間、何も感じなくなり、ルークもわたしから何かを奪おうとするただの男になった。いいわ、なんでも好きなだけ奪えばいい。これまでもずっとそうだったのだから。

でも彼は奪わなかった。これまでの男たちとは違っていた。なぜそれがこんなに怖いの？

バスルームのドアを開けたときの彼の軽蔑にゆがんだ表情、非難するような目つきが今も目に浮かぶ。彼はわたしがドラッグをやっていると思っていた。

そしてあの言葉――逃れようもなくこの心に刻まれ、この額に彫りつけられた言葉。

〝きみはあのオーレリーだ〟

ほんの少し期待していたけれど無駄だった。ステージでのイメージチェンジは求めても、わたし自身が変われるとは期待していなかったのだ。

ギターの弾き語りでフォークバラードを歌うオーレリーも、ルークにとってはまた別の演技――彼の店の新装開店に役立つ演技でしかない。

それさえ忘れずにいれば大丈夫だ。無駄な期待を抱くこともなく、今にも壊れそうな欲求にも、生まれたばかりの欲望にも屈することはない。

これはビジネス、あくまでもビジネスよ。自分自身はともかく、歌手としてのキャリアを再び確立するチャンス。それだけでじゅうぶんだわ。

オーレリーは背筋を伸ばし、もう一度鏡に映る姿をチェックした。少し顔色が悪くやつれて見えるけれど大丈夫。深呼吸してスイートルームをあとにし、ルークの待つバーへ向かう。

外に出ると、フィリピンの熱帯らしい空気が湿った毛布のようにオーレリーを包み込んだ。パティオのバーにいるとメールしてきたルークを探して暗がりの中を進む。蒸し暑い風がヤシの木を揺らし、眠りを知らぬ街の賑わいを運んでくる。

バーのスツールに腰かけるルークを見つけた瞬間、心が揺れた。少ししわの寄ったスーツ姿で、ネクタイをゆるめ、薄暗い照明の下でもひげが伸び始めているのがわかる。頭を垂れ、手には飲みかけのウイスキーのタンブラー。まったく別人のようでいて、やはり同じ人だ。とてもセクシーだ。

こちらの姿を認めた瞬間、ルークは顔と瞳から表情を消し、パティオを横切って近づいてきた。

「オーレリー」ビジネスマンらしい冷ややかな笑みを浮かべたまま、握手を求めることも、体に触れることもない。そんな冷たい態度に、オーレリーは自分という人間が拒絶されたような気分になった。

そんなことどうでもいい。これはカムバックのチャンスなのよ。ルークのことなど関係ないわ。

「ルーク」痛いほどの胸の高鳴りを努めて無視し、オーレリーはうなずき返した。

「何か飲むかい？」

「炭酸水でいいわ」

ルークはバーテンダーに合図し、ヤシの木の陰になった隅のテーブルへ彼女をいざなった。

「旅は順調だったかい？　ホテルの部屋は？」

「何もかもすてきよ」

「よかった」

バーテンダーが運んできた飲み物をオーレリーは一口飲んだ。

「明日の準備も万端だ」ルークが事務的に続けた。

「現地の女性スタッフのリアが店舗を案内し、午後三時のステージの段取りもする」

その営業スマイルと表情のない目。自分は嘘（うそ）はつけないなんて言っていたけれど、この会話はとってつけたもの、何もかも嘘だわ。

でも彼の本心はわからない。どうせ〝あのオーレリー〟だと、わたしを軽蔑しているのだろうか。それとも、優しくほほえみ、虚像ではない本当のわたしを信じてくれた人の片鱗（へんりん）が少しは残っていると期待していいのだろうか。

いいえ、そんな期待をしたって無駄よ。

「すべて大丈夫そうね」

「よし」ルークはうなずくと、話は終わりと言いたげに、まだ酒の残っているグラスを押しやった。

「今日はいろいろあって忙しいんだ。たぶん明日、オープニングセレモニーで会えると思うが」

たぶん？　思わずのどが詰まり、オーレリーはまた水を一口飲んでさりげなくほほえんでみせた。

「わかったわ」お互い意味もない会話だ。心のどこかが今も、もっとちゃんと話したがっている。

「それじゃ」もう一度うなずいてルークが立ち上がり、オーレリーも席を立った。まだ炭酸水は残っていたが、このまま一人でバーにいてもしかたがない。

振り返りもせずバーから出ていくルークを見送りながら、彼女はうつろな寂しさが心の中を吹き抜けていくのを感じていた。


うまく切り抜けたぞ。どこがだ？　ルークはネクタイを外してほっと息を吐いた。もう少しましな会話ができたはずだ。努めて事務的にすませたつもりだが、彼女の顔を見るたびに、この腕に抱いた感触が、かき立てられた感情や欲望がよみがえり、仕事を忘れそうになってしまった。

それもこれも、ぼくの経験不足が原因なのだろう。長い間セックスはご無沙汰だし、相手を選ぶときも常に慎重に、まず相手としっかり関係を築いてからだった。女と見れば見境なく追い回し、母の人生を台無しにした父のようにはなりたくなかった。

だが、もっと気軽に女遊びをしていれば、これほどうろたえることはなかっただろう。あの日のことをもう何度思い返したことか。どこで間違ったのか、なぜああなったのか。やはり彼女はぼくがセックス目的で会いに来たと証明するためにぼくをはめたのか。そうとしか思えない。だが心の奥の声は、それだけじゃないはずだと言っている。

〝わたしの名前を呼ぶあなたの声が好き〟——そう言った彼女の声は苦しげだった。ぼくの頬に触れる指は大胆さの中にためらいがあった。重なり合ったきゃしゃな体は震えていた。あのとき、彼女は何かを感じていたはずだ——本当の何かを。

だが次の瞬間、その体は硬くこわばり、ぼくはまるで彼女を……襲っているような気分になった。あれほど嫌悪感と恥ずかしさを感じたのは初めてだ。

今はとにかく彼女を避けることだ。互いのためにもそうするしかない。今夜こうして会うことを提案したのも、あの一件の空気を一掃し、二人の関係にきっちり境界線を引くためだ。満足とはほど遠いが、少なくともそれだけはできたはずだ。

自分の部屋に戻りながらルークは感じていた——これからの十日間、また新たな地獄が待っていると。


〈ブライアント〉のロビーに設置された即席ステージの脇に立ち、オーレリーは過呼吸にならないよう努めていた。広いロビーには千人もの観客が詰めかけている。クロームとガラスのモダンなロビーは歴史を感じるニューヨーク店とは雰囲気が違う。

午前中はリアがこのアヤラ通りにある十階建ての店の全フロアを案内してくれた。そのあとは音声チェックなどステージの準備をして過ごし、先に待っていることは努めて考えないようにしていた。

それが、今は目の前にある。観客はわたしがオーレリーとしてステージに登場するのを待っている。恐怖で冷や汗が流れ、めまいがする。今回は血糖値の検査はした。今倒れたら、それは緊張のせいだ。

「あと三十秒」音声スタッフから告げられ、オーレリーはなんとかうなずき返した。

観客席をのぞいてみる。みんな興奮していて、サインをもらおうとポスターやCDを持っている人もいる。わたしが陽気に跳ね回って《テイク・ミー・ダウン》かセクシーなヒット曲を歌うのを期待している。そこへジーンズ姿のわたしがギター片手に出ていったら、みんなさぞショックだろう。

なぜこんなことを引き受けてしまったのだろう？

なぜルークはこんなことを提案したのだろう？　うまくいくわけがない。この店にも、誰にとっても、とんでもない間違いだ。けれどももう手遅れだ。

全身に恐怖が走り、オーレリーは目を閉じた。

無理よ。変わるなんてできない。

ルークがそばにいてくれたら、という思いが不意にこみ上げる。どうかしている、昨夜の彼はあんなに冷たかったのに。でも、きみの歌はすばらしいと言ってくれたあの声を、優しいまなざしを思い出すだけで、切なさと勇気がわいてくる。

「時間です」

頼りなく震える脚でオーレリーはステージへと踏み出した。世界の巨大アリーナで満員の観客を前に歌ったこともあるのだ。緊張するなんてありえない。こんなちっぽけなステージで観客も少し。平気よ。

でも全然平気じゃなかった。

彼女の姿を目にした観客の間に驚きと不穏なざわめきが広がるのをオーレリーは感じた。当然だ、みんなが期待していた姿ではないのだから。

ステージ中央のスツールに腰かけて顔を上げると、

視界の真ん中にルークがいた。ロビー後方のドア近くに立つ彼の冷たく厳しい表情がはっきり見える。

目が合うと、ルークは唇を結んで目をそらした。

オーレリーは固まり、もろく砕けそうになった。

「歌ってくれよ！　オーレリーを見に来たんだ！」

誰かが叫んだ。

いいわ。簡単なことよ。オーレリーは大きく息を吸って歌い始めた。

ルークはロビー後方に立ち、不安といら立ちの入り混じる感情と闘いながらオーレリーの登場を待っていた。昨夜バーで別れてから、努めて彼女と顔を合わせないよう避けてきたが、今になって、本当にそれでよかったのかと良心がちくりと痛む。

彼女が一人ぼっちでステージの準備をしていると思うと心苦しくなった。さぞ不安だろう。会いに行って、励ますなりなんなりしてやれば――

そんなことをすればどうなるか、目に見えている。やはりこれでよかったのだ。オーレリーだって、ぼくなど必要としていないに違いない。

観客の間に驚きのざわめきが広がるのが聞こえた。ステージに登場したオーレリーはビーズをあしらったトップスにジーンズ、髪を肩に垂らして輝くばかりに美しい。ふと、こちらを見た彼女と目が合った。大きく見開いた澄んだ目を見た瞬間、ルークは不意に切ない思いに駆られ、思わず目をそらした。

誰かが声をあげ、オーレリーは歌い出した。間もなく、それがバーモントで聴いた曲とは違うことにルークは気づいた。彼女はニューヨークで歌ったようなかつての陽気なヒット曲を、アコースティックギターバージョンで歌っている。やがてギターから顔を上げたオーレリーはあの笑みを浮かべた。思わせぶりで品のない、ルークが大嫌いな笑みだ。観客がどっと歓声をあげた。

ルークは落胆といら立ちに襲われた。約束と違う。なぜ彼女は勝手に変えた? おじけづいたのか、それともぼくに仕返しでもしたつもりか?

歌が終わり、会場にいつもの歓声や野次が響いた。何も変わらなかった。まっさらに生まれ変わるなんて嘘っぱちだ。オーレリーがステージを下りると、ルークは店の案内を待っている地元の有力者たちを残してロビーから出ていった。

オーレリーは前回のように控室にいた。後ろ向きでうつむいてギターを置く彼女の衣装から浮き出した背骨とむき出しのうなじが見える。欲望と怒りが交互に燃え上がる。

「あの曲を歌わなかったんだな」

振り向いたオーレリーの顔はまったくの無表情だった。「歌なら歌ったわ」

「ぼくの言う意味はわかっているはずだ」

「どうせうまくいかないと、そう言ったはずよ」

「やってもみなかった」

「やらなくてもわかるわ。感謝してくれてもいいはずよ、あなたのお店を守ってあげたんだから」

「守ったのは自分自身だろう」ルークは言い返した。「いったいどうした、怖くなったのか?」

「現実的になろうとしただけよ」

「いつものオーレリーを演じてもらうためにこの仕事を頼んだわけじゃない」いら立ちがこみ上げる。

オーレリーが眉をつり上げ、あの皮肉っぽい笑みを唇に浮かべた。「あら、じゃあなんのため?」

ルークはかぶりを振り、押し殺した声で言った。「やめろ、なんでもセックスに結びつけるのは」

「なんだって結局はセックスでしょう」

「きみはそうかもしれないが」

「あなたは違うというの? ビジネスの提案だと言った二時間後にはわたしのベッドにいた、高潔なルーク・ブライアントさまは?」

ルークはこぶしを握りしめた。「誘ったのはきみのほうだ」少なくとも、最初は。

「それは否定しないけど乗ってきたのはそっちよ」

握った手のひらに爪が食い込む。本当にこっちの感情をかき立ててくる女だ。「ぼくも何も否定するつもりはない」ルークはゆっくりと息を吐き、握りこぶしをほどいた。冷静に考え、反応しなければ。

「一度ゆっくり話し合おう。これからまた人に会わなければいけないんだが――」

「お決まりの接待？」オーレリーがかすかに笑った。

「ああ。いやでもやらないといけないことはある」

ルークも笑い返した。一瞬彼女とわかり合えたような気がしたが、やがてオーレリーがまた表情を消して顔をそむけ、いつものいら立ちが戻ってきた。

「必ず時間は作る。きちんと話し合おう」

オーレリーはただ肩をすくめ、ルークはため息をついてドアへ向かった。


ドアが閉まる音とともに、オーレリーは震える息を吐いて両手で顔をおおった。全身が震えている。なぜあんなことをしたの？　観客ばかりか、ルークの前でまでオーレリーの仮面をかぶるなんて。

そう、今回もまた、拒絶されるのが怖かったからだ。わたしが生まれ変わることなど誰も認めないだろう。だから変わろうとするのをやめた。心の平安を保つにはそうするしかなかった。

でも、結局うまくいかなかった。心の平安は保てず、今にも転げ落ちそうな深淵の縁に立ち、得体の知れない闇をのぞき込んでいる気分だ。

変わろうとしたこと自体が間違いだったのかもしれない。違う姿のわたしなど、観客が受け入れるわけがない。そして、いくら否定しようが、ルークも同じだ。

もう一度大きく息を吸い、オーレリーはバッグを手に取った。化粧を直し、外へ出て客たちとほほえんで言葉を交わそう。今日をなんとかやり過ごしたら、家に帰るとルークに伝えよう。もう終わりだ。

四時間後、新装開店セレモニーは終わり、オーレリーは疲れきってホテルの部屋に戻った。午後は一度もルークと顔を合わせずにすんだが、彼の存在はずっと意識していた。客たちと言葉を交わし、笑い声をあげ、ギター演奏やジーンズは今一つだったと言われれば同感とばかりにうなずきながら、彼の姿を目で追い続け、彼を感じていた。

誰かと話しているときのルークはいつも難しい顔をしていた。眉間にしわを寄せ、直立不動のようなこわばった姿勢で立っている。それでも、彼はありのままの姿をさらしている。

わたしには怖くてできないことだ。

残りの仕事をキャンセルしてバーモントへ帰ろうと決めていた。臆病と言われても、それが安全だと。数時間後、叱られた子どものようにこそこそ逃げ出すのかという思いがわき上がり、彼女はそれをけんめいに振り払った。ルークや観客がどう思おうが関係ない、自分自身を守るためには必要なことなのだ。

でも、自分にそう言い聞かせても、果てしない徒労感に襲われるばかりだった。平気だ、気になどしていないというふりを続ける気力はもうない。

のろのろとハイヒールと服を脱ぐ。熱いシャワーで今日の痕跡をすべて洗い流したい。話したいことがあるとルークは言っていたが、最後に彼の姿を見たときは、お堅い感じの人々と何やら話し込んでいた。わたしのことも、話したいことも、すっかり忘れてしまっているに違いない。

十五分後、Tシャツとよれよれのヨガパンツに着替えたところで、ノックの音がした。大きく息を吸ってドアスコープから確認すると、やはりルークだった。約束を忘れてはいなかったようだ。

ドアを開けた瞬間、目の前の姿にぐっと心をつかまれる。髪もスーツもやや乱れ、疲れた様子だ。

「長い一日だった?」オーレリーがたずねると、ルークが硬い表情でうなずいた。

「そうだな。入ってもいいかい?」

彼はいつも許可を求めてくれる。ばかだと思いながら、それに少し感動する。「いいわ」

ルークがスイートルームの居間に入ってきた。寝室に続くドアから見える大きなベッドとシルクの枕にちらりと目をやってから、彼は思いつめたような厳しい表情で向き直った。「話がある」

オーレリーは肩をすくめて両手を大きく広げ、くつろいだふりでソファに座った。「どうぞ」

ルークが大きく息を吐いた。「バーモントでのことはすまなかった。ぼくたちの関係をあんなふうにするつもりはなかったんだ」

真剣そのものの彼に対抗するには返事を茶化すしかなかった。「ぼく〝たち〟って? ブライアントさん」

「ブライアントと呼ぶのはやめてくれ。ぼくの名前はルークだ。ベッドをともにする寸前まで行ったのだから、ファーストネームでいいだろう」

オーレリーは身を硬くした。「あくまで〝寸前〟よ。それで何か権利があると言われても――」

「権利だとは言っていない。人としての礼節の問題だ」ルークの表情は相変わらず厳しい。「ぼくは正直に話そうとしているんだ、オーレリー――」

「残念でした、それだけじゃポイントはもらえないわ。あなたが正直なことはもう知っているし」

「やめてくれ、あてつけがましく皮肉を言うのは」ルークが吐き捨てるように言った。

「あら、ずいぶんな言いようだこと――」

「やめろ」ルークがいら立ちと怒りに顔をゆがめて

身を乗り出した。「そんなふうに悪ぶるのはよせ」

オーレリーははっと口をつぐんだ。自分を守るためにいつものオーレリーの仮面をかぶっていたことはお見通しだったようだ。ルークが燃えるような瞳で刺し貫くかのごとく見つめてくる。オーレリーはごくりとつばをのみ、自分の膝に目を落として低い声で言った。「わたしに何をしろと言うの？」

「ぼくのほうこそききたいね、きみはぼくに何をしてほしいんだ」

オーレリーは顔を上げた。驚きで一瞬言葉が出ない。「わたしはあなたに何も求めていないわ」

「なぜぼくと寝たいと思った？」

オーレリーは身を硬くし、けんめいに防御の盾を構えた。「思ったらいけない？」

「とても楽しんでいるようには見えなかったから」

オーレリーはぐっとあごを上げた。「楽しんでいなかったって、どうしてわかるの？」

「きみがどんな経験をしてきたか知らないが、男なら、女性が行為を楽しんでいるかどうかくらいはわかるよ」苦笑いを浮かべながらも、ルークの瞳は燃えるようだ。「セックスを楽しんでいれば女性は反応する。キスしてきたり、気持ちよさそうな声をあげたり、やめないでと脚を巻きつけてきたり。蝋人形のようにただ横たわっていることはない」

頬が紅潮し、全身が熱くなるのを感じつつ、オーレリーは負けじと言い返した。「楽しめると思ったのに、あなたが期待外れだったのかも」

ルークが穏やかに答えた。「それはそうだろうな。少し焦ってしまった。セックスはずいぶん久しぶりだったから」

それはわたしも同じよ。オーレリーはつばをのんだ。「わたしたち、なんでこんな会話をしてるの」

「あと九日間いっしょに仕事をするためには——」

ルークがそこで言葉を切り、かぶりを振った。「いや、違う。これは仕事のためとかじゃない」

オーレリーは不安になって彼を見やった。「じゃあ、なんのため？」

ルークが静かに答えた。「ぼくがきみのことばかり考えてしまうからだ。あの夜、何を間違ってあんなことになってしまったのかと」

それについてはオーレリーも言葉がなかった。なぜか涙がこみ上げてくるのを笑ってごまかす。「あなたは本当に正直ね」

「だったら、きみも正直に答えてくれ。あの夜ぼくを誘ったのは、ぼくもしょせんほかの男たちと同じだと証明してみせるためだったのか？」

「違うわ」オーレリーはささやくように言った。正直に語るルークの前でこれ以上嘘をつくわけにはいかない。「わたしがそうしたかったからよ。帰ってほしくなかったし……あなたといて楽しかったから」その声は低く、胸の鼓動まで聞こえそうだ。なぜみんな正直になろうとするのだろう、と膝に目を落とす。まるで生皮をはがれるような気分だ。

「それなら、なぜああなった？」ルークの声も低い。

オーレリーは膝に目を落としたまま肩をすくめた。

「わたしはセックスを楽しいと思ったことがないの。だから、あなたが下手だとか、そういうことではないから心配しないで」けんめいに言いつくろってみるがうまくいかない。ルークは黙り込んでしまい、しばらくしてちらりと目を上げてみると、彼は眉間にしわを寄せて目を細め、難しい問題でも解こうとするようにこちらをじっと見つめていた。

「一度もないのか？」ようやく口を開いたルークの声は静かで悲しげで、オーレリーは涙をこらえた。

「虐待とかレイプとか、そういうことを想像しているのなら、そんな経験があるわけじゃないわ」

「だが、何かはあったはずだ」きっぱりと言い切るルークの言葉をオーレリーは否定できなかった。確かに、何かはあった。たった一夜でわたしの純潔は奪い取られ、わたしもそれを許した。けれどもあれ以来、セックスを楽しむものとしては考えられなくなった。ほしいもの、必要なものを手に入れるための道具や武器に過ぎなかった。

オーレリーはぴしゃりと返した。「関係ないわ。だいいち、なぜこんな話をしなきゃならないの。ビジネスだけの関係のはずよ、忘れたの？」

「覚えている」

「だったら」オーレリーは、もう出ていってとばかりにルークを見た。だが彼は出ていかなかった。

「オーレリー」お願い、そんなふうに呼ばないで。胸が痛くなってしまう。名前を呼ばれただけでばかみたい。でも、大嫌いな名前なのに、ルークに呼ばれると、自分がポップスターではなく、愛されたいと願いながら育ったただの女の子だと思えてくる。

「何？」鎧をはぎ取られ、怒りだけが最後の防御となったオーレリーはきつい口調で答えた。

ルークがかぶりを振った。「すまない」

オーレリーは言葉もなく彼を見返した。やっぱり、今日のステージで約束を破ったから、もうわたしなどいらない、帰れと言うのね。生まれ変わるなんてしょせん無理だった。これで終わりなんだわ。

四時間前はそれが望みだったはずなのに、今は涙がこみ上げてくる。また失敗してしまった。

「まあ、やってはみたけど、たぶん無理だとわかっていたし」オーレリーは自分を励まし、どうってことないわと肩をすくめ、ぎこちなく笑ってみせた。

眉をひそめてしばらく黙っていたルークが言った。

「ぼくがなんの話をしていると思っているんだ？」

オーレリーは当惑して彼を見返した。「今後の出演のことでしょう？　今日の観客のノリが今一つだったから――」

「そうはならなかったはずだ、きみが約束どおりあの曲を歌っていれば」ルークの口調は穏やかだったが、オーレリーはなおも突っかかった。

「いいえ、もっとしらけていたはずよ」

「きみは試そうともしなかった。本番前に話をしておくべきだったよ。あえて距離をおいたのは——」

ルークはそこで疲れたように息を吐いた。「そのほうがきみも楽だろうと思ったからだ。だが、かえって負担をかけてしまったようだ。すまなかった」オーレリーは返事ができなかった。会話がどんどん危険な領域に入ってくる。ルークが静かに続けた。

「だが、今後の出演をキャンセルするつもりはない。きみなら挽回できると今でも思っている」

「本当に?」かすかな希望がわいてくる。

「ああ。だが今話したいのはそのことじゃない」ルークがまっすぐ見つめてきた。濃茶色に金色をちりばめた瞳が燃えている。「ぼくたちのことだ」

「わたしたちって——」オーレリーは息をのんだ。

「ああ。ぼくは今でもきみに魅力を感じている」

オーレリーの心は名前のつけようがない感情に舞い上がった。恐れか希望か、もっと別の何かか。

「ほら、やっぱりセックスなんだわ」

ルークは長い間黙ったまま、街の灯りがきらめく窓に目を向け、やがて口を開いた。「ぼくがこれまで何人の女性と寝たか知っているか?」

「そんな情報、わたしが知っているはずが——」

「三人だ」ルークが悲しげな笑顔で振り向いた。

「この前の無様な未遂を入れたら四人か」

「そう」なんと答えればいいかわからない。

「三人とも、相手はきちんとつき合った女性だ。数カ月、あるいは数年続いたこともある。それ以外の女性とセックスしたことは一度もない」

「本当に真面目なのね」自分自身のひどい男性経験を思い、オーレリーは暗澹とした気分になった。

「ぼくはただ、セックスを真剣にとらえてきただけだ。何か意味のある、感情の伴うものだと」

「わたしとは違ったけど」

ルークは長い間黙っている。聞こえなかったのだろうか。そんなことはどうでもいいと言いかけたが、彼はしっかり聞いていた。

ほとんど聞こえないほどの低い声でルークが言った。「きみとだって意味はあった。最初に床に倒れているのを発見したあの日、きみが目を開けたときから、ぼくは……何かを感じていた」

「何かって？　迷惑だとか？」なおも精一杯の皮肉をにじませてオーレリーはたずねた。

「違う」こちらを見るルークの瞳は真摯に燃えていた。「なんなのかは今もわからない。だが、きみに対して何も感じていないふりはできない——スターの仮面の下に隠れたきみ、あの曲を作ったきみに」

オーレリーは息をのんだ。「でも、最初のときはまだあの曲を聴いてもいなかった——」

「きみの目を見ればわかった」

オーレリーは目をそらした。「あなたがロマンチストだとは思わなかったわ」

「ぼくもだ」

胸が痛いほどどろく。めまいがし、空中に浮いているような気がする。ルークが何を言おうとしているのかわからず、とても怖い。

オーレリーは唇をなめ、やっと口を開いた。「結局……何が言いたいの？」

「まだわからない」ルークは髪をかき上げて疲れたように笑った。「あくまでビジネスに徹し、あと九日間をやり終えたら二度と会わない、そうするべきだと心のどこかでは考えている」

「それが一番賢明でしょうね」オーレリーは努めてさりげなく言った。期待に胸が高鳴る。

「だろうな。でも、ぼくはそうしたくない」

「じゃあ、どうしたいの？」

ルークが黙ってこちらを見つめた。求めたくないのに求めてしまう、そんな葛藤が瞳ににじんでいる。

「もう一度やり直したい。これまでのことはいったん忘れて、ちゃんと知り合いたい」

「本気なの？」冗談めかしながらも、オーレリーの声は頼りなく揺れた。

「よくわからない。なぜこんなことを言っているのかも」ルークがかぶりを振り、オーレリーを見つめた。「だが、きみとやり直したいのは本当だ」

やり直す――仕事ではなく、人と人として。そちらのほうがずっと危険だけれど、より心が動く。本当の自分になるチャンスだ。胸がいっぱいになり、オーレリーは目を閉じた。

ルークが静かに言った。「問題は、きみもそれを望んでいるかだ」

オーレリーは目を開けて彼を見つめた。髪もスーツも乱れたまま、目の下には隈ができ、ひげも伸び始めている。たまらなく魅力的だ。

「なぜわたしとやり直したいの？　わたしのことなど何も知らないのに」

「もっと知りたいと思うぐらいには知っているさ」

思いとうらはらに涙があふれそうになる。オーレリーは低い声で言った。「知れば、きっともうこれ以上知りたくないと思うわ」

「オーレリー、何が演技で何が本当の姿かぐらい、ぼくにもわかるよ」ルークが静かに言った。

「なんでわかるの？　自分でもわからないのに」オーレリーの頬を涙が伝った。

「ぼくが力になれるかもしれない」

オーレリーは反射的に身構えた。「あなたが？　わたしを救えるとでも言うの？」

ルークがはっと口をつぐんだ。そのまま沈黙が続き、オーレリーは涙をこらえて彼を見上げた。ルークは彼女には理解できない寂しげな表情を見せた。

「わかっている、誰も彼も救うことはできない」そう言ってほほえむ顔はまだ寂しげだ。「だが、きみは救う価値が、知る価値があると思う」

　オーレリーはごくりとつばをのみ、鼻をすすった。

「で、どうする気？」

　ルークがくぐもった声でたずねた。「まずは質問に答えてくれ。やり直してみたい、ぼくといっしょに二度目のチャンスに賭けてみたいと思うか？」

　じっと見つめられ、目をそらせない。言葉がのどにつかえ、うまく言えない。ええ、思うわ。でも怖いの。わたしのことをもっと知って、嫌いになったらどうするの？　うまくいかなくて、前よりもっとむなしく、孤独になったら？　結局やり直せなくて、傷ついたらどうするの？　そんな言葉が頭に渦巻く。

　ルークがこちらを見つめたまま答えを待っている。

　オーレリーはのどにつかえた言葉をのみ込み、一言だけ答えた。「思うわ」

6

　ルークはオーレリーの青ざめた顔を見つめた。大きく見開いた青い瞳から涙が一筋、頬を伝っている。

　しまった。

　彼女と話をするために来たのに。お互いビジネスだけの関係にとどめておくのが一番安全だと考えて接触を避けてきた結果、こんなことになったのを謝るつもりだったのに。

　ひどいことを言ってしまった。〝もっと知りたいと思うぐらいには知っているさ〟だと。

　だが、彼女のことがどうしても頭を離れなかった。頬を伝う涙を目にしながらも、傷つき、ぼろぼろで危険な女性だとわかっていても、もっと知りたかった。彼女を傷つけたと思うと不安でしかたがない。

「ルーク?」オーレリーがこれまで聞いたことのない、ためらうような低い声で名前を呼んだ。

ルークは何か言わなければと髪をかき上げた。

オーレリーはソファから立ち上がり、彼に背中を向けてティッシュで涙を拭くと、そのままの姿勢で言った。「やっぱり、これは間違いなのかもね」

ルークは背筋を伸ばして両手を下ろした。「なぜそんなことを言う?」

オーレリーが振り向いた。「だってあなた……ひどく後悔しているような顔をしているもの」

「ひどくってことはないだろう」冗談めかして言ってみたが、彼女は厳しい目つきで見つめてくる。ルークはため息をついた。「ぼくもこんな経験は初めてなんだ。闇の中を手探りで歩いている気分だ」

「それはお互いさまよ」

「これまで誰かと真剣につき合った経験は?」

オーレリーが恐れるように目を見開いた。「これってそういうことなの?」

「違う」ルークが反射的に答えると、オーレリーが不安げな笑みを浮かべた。〝これ〟が何かわからないまま、二人とも恐れながら少しずつ近づいてきている。「一日一日ゆっくりでいいんじゃないか?」

オーレリーがまた顔をそむけた。「そんなふうに言うのはやっぱりセックスのせいなんでしょう? わたしが楽しめていなかったから」

「いや、それだけじゃない」確かに、セックスも解決しなければいけない問題だ。理由はわからないが、彼女に何かが起きた。これまで経験した三度の恋愛ではこんなことはなかった。どれも安定した関係で、相手を深く愛し、人生の一部をともにしてきた。こんな気持ちになるのは初めてだ。

不安と高揚の入り混じった気持ち、彼女を傷つけるのではないか、失敗するのではないかという恐怖。

ぼくは何に巻き込まれてしまったんだ？

「一度あるわ」オーレリーが顔をそむけたまま静かに言った。「一度だけだけど、三年以上続いた」

「そうなのか」驚くことではない。そんな相手がいるという記事は見たことがないが、あの歌を聴けば悲しい恋の経験があることはわかる。ルークの胸に嫉妬のような感情がこみ上げた。

「でも、そのことは話したくない」彼女は顔をそむけたままだ。

「わかった」ルークは一つ息を吸い、言葉を選んで言った。「だが、これから……知り合っていくとなると、互いに正直でいなければ」

オーレリーが小さく笑い声をあげた。「その点、あなたは問題なさそうね」

「そうでもない。ぼくは正直なたちだが、何もかもさらけ出すというわけじゃない。うちの家族には感情を表に出す人間はいないんだ」それを認めることすらいやだった。家族がよそよそしく、言葉にできない秘密を抱えているのには、深い理由がある。

オーレリーが肩をすくめて腕組みした。「わたしは正直だったことなどないし、なれるかどうかもわからない。長い間心のガードを固めてきたから、下ろし方がわからないの」

「少なくとも、今は正直に言えているじゃないか」ルークが軽い調子で返した。

オーレリーの震えるような笑い声が響き、ルークはその奥に痛みを感じ取った。彼女がこれまで乗り越えてきたすべてはわからないが、多くの苦難があったに違いない。それを少しでもやわらげてやりたいと心から思う。彼女に信頼してもらい、救ってやりたい。そして、それを通して自分自身も救いたい。今度こそうまくやれるはずだ。

「二人でやってみないか、オーレリー」

「どうやって？」

どうすればいい？「シンガポールには明後日、移動すればいい。明日をぼくにくれないか」

オーレリーが警戒の目で彼を見た。「丸一日？」

「丸一日だ。まず手始めにデートしよう」二人にとって、これがスタートだ。

「それから？」

「まずは一日デートだ。そのあとのことはまた考えよう」何を求めているのか、自分でもまだわからない。互いにとって未経験の領域なのだ。

「丸一日、デート」その言葉が気に入ったようにオーレリーが繰り返した。「いいわ」

うなずいたルークに彼女がほほえんだ。

オーレリーはホテルのロビーに立ち、落ち着こうと努めた。ルークとここで九時に待ち合わせている。デートなんていつ以来だろう？　これまでの人生で出会った男は山ほどいたけれど、デートなどしなかった。そんなもの、無邪気で夢あふれる若い女の子がするものだと思っていた。

無邪気？　夢？　わたしはそんなものとは無縁だ。まだ二十六歳だけど、もう三回分ぐらいの人生を生きてきた気がする。ルークはわたしがとうの昔に壊したと思っていたものをかき立ててくるけれど、わたしを変えることはできない。そしてわたし自身も、自分を変えることなどできないのだ。

そしてルークがそれに気づいたら……オーレリーはこみ上げる動揺をのみ込んだ。先のことを考えてもしかたない。今日一日デートして、一日が終わるころには、彼ももう二度とごめんだと思うだろう。

「用意はいいかい？」

はっと振り返ると、ルークがほほえんでいた。深い緑色のポロシャツにカーキ色のショートパンツ。こんなカジュアルな服装の彼は初めてだ。細身ながら筋肉のついた胸板と肩、引き締まった腰、たくましく日焼けした脚からはき古したスニーカーへ、そしてまた顔へと視線を動かすと、ルークが驚いたような笑みを唇に浮かべていた。

「チェックは完了か？」

無意識のうちに彼の全身を眺め回してしまっていたようだ。恥ずかしさをこらえ、オーレリーはほほえんでうなずいた。「ええ、完了よ」

「合格かな？」

「まあね」

ルークはくすっと笑い、彼女の背中に片手を当てた。しっかりと支える手のひらの温もりが伝わり、オーレリーの全身に震えが走った。

「どこへ行くの？」ホテルを出ると、高級セダンが待っていた。窓はスモークガラスで、運転席には運転手が乗っている。ルークがドアを開け、革張りシートにオーレリーを乗せた。

「カミギン島だ」

「カミ……何？」

ルークがほほえんで隣に乗り込むと、太ももが軽く触れ合った。彼の動きや体を急に意識してしまうのはなぜだろう。もう裸をさらした相手なのに。

「カミギン島。ボホール海に浮かぶ小さな島だ」

「じゃあ、この車で行くわけじゃないのね？」

「ああ。空港まで車で行き、プライベートジェットで首都のマンバジャオへ。そこでジープを借りる」

「大旅行ね」

「全部で二時間程度だよ」

「プライベートジェットなんてぜいたくだわ」

ルークが笑った。「たまにはぜいたくもするさ」

オーレリーの中にさざ波のような喜びがこみ上げてきた。自分を守るためにルークを避けようと努力してきたけれど、それをしないですむだけでこんなに気持ちが楽になる。きつい言葉の応酬などなしに冗談を言い合い、リラックスして――

それで、どうするの？　恋人になるつもり？　ありえないわ。ルークはそれを望むかもしれないけれど、わたしはそんなことできない。一度きりのデート、それだけ。明日の今ごろには二人とも、もう二度とごめんだと思っているはずよ。

マニラ国際空港の滑走路でプライベートジェットが待っていた。人気全盛のころには乗ったこともあるが、もう四年以上前のことだ。落ち着かない気分で機内に足を踏み入れ、革張りのソファや冷やしたシャンパンなどを見回していると、ひんやりとしたものが胸に忍び込んできた。

ドアのところで足を止めたルークが彼女の顔を見た。「どうかしたのか？」

オーレリーは彼を見上げた。本当によく気のつく人だ。でもわたし自身、自分の気持ちがよくわからない。「どうもしないわ。とてもすてきよ」

ルークが何かを察したように彼女を見た。「きみも売れっ子だったころはよく乗っていただろう」

オーレリーは肩をすくめた。「一、二度ね」

「いやな記憶がよみがえってくる？」

否定しようと口を開いたが、何も言えなかった。正直にというのも大変だ。「そうかもね」ようやく答えると、ルークがかすかにほほえんだ。こんなふうに心の内を話すことが彼女にとってどんなに気まずく苦しいか、よくわかっている顔だ。

「これまでの長い間、どうやってマスコミの目から逃れてきたんだい？」

「バーモントに引きこもっていただけよ」

「あの町の人たちはばらしたりしないのか？」

「みんな口が堅いし、祖母と親しくしていたから」

言いすぎた、と思ったときは遅かった。なぜしゃべってしまったのだろう。正直にと思い始めると、ほかのことまでが口からこぼれ、そのうちに制御できないようになってくる。

「お祖母（ばあ）さん？　ジュリア・シュミットというのはきみのお祖母さんなのか？」

「違うわ」オーレリーは座席に腰を下ろし、機内のひんやりした空気に両腕をさすった。「まだ出発しないの？」

「するよ、管制官の許可が下りしだい」向かい側に座ったルークがしばらく黙ったまま彼女を観察し、オーレリーは目をそらした。飛行機のエンジンが始動する。「シャンパンは？」そうたずねられ、オーレリーはほっとしてうなずいた。もうこれ以上質問はされずにすみそうだ。彼女にグラスを手渡し、乾杯してからルークが再び口を開いた。「そんなにいちいち身構えていたら二度目のチャンスもうまくいかないよ」

「身構えてなんかいないわ」オーレリーは言い返したが、ルークは片方の眉をつり上げるばかりだ。シャンパンを一口飲んで彼女は続けた。「だから、わたしはこういうの苦手なの」それでもルークが黙っているので、オーレリーは厳しく指摘した。「あなただって、全部正直に打ち明けてはいないはずよ」

「そうかな」ルークは静かに言うと目をそらした。彼の前夜の言葉を思い出し、オーレリーは胸が苦しくなり、全身に震えが走るのを感じた。

〝もっと知りたいと思うぐらいには知っているさ〟

わたしは知ってほしいと思っているのだろうか。

シャンパンを一口飲む。そう、今日一日だけは知ってほしい。一日だけなら大丈夫だろう。

オーレリーはシャンパングラスをコーヒーテーブルに置いた。「わかった。何を知りたいの？」

「きみは何を話したい？　何かあるだろう、話しても差し支えないちょっとしたこととか」

緊張が少しほどけるのを感じ、オーレリーは笑った。「そうね……バブルガムアイスが好き、とか」

「バブルガムアイス？」ルークが目をむいた。「冗談だろう。あんな甘ったるいの――」

　オーレリーは身を乗り出した。「ピンク色でアイスの中に小さな粒ガムが入ってるの。最高よ」

「勘弁してくれ」ルークが降参だと手を上げた。

　オーレリーの口からはじけるような笑い声がもれた。ルークも心からの笑みを浮かべ、いつもは厳しい風貌がぱっと明るくなる。思わず胸がときめき、オーレリーはゆっくりとかぶりを振った。「あなたにユーモアのセンスがあるとは思わなかったわ」

「シャイだから、たまにしか出てこないんだ」

「そう」オーレリーは考え込むように彼を見やった。「あなたが好きなアイスの味は？」

「バブルガムじゃないことは確かだ。バニラかな」

「バニラ？　どこがいいの、つまらない」

「がっかりすることがないからね。ほかのフレーバーだと、ミントチョコチップのミントが物足りないとか、ロッキーロードのナッツが多すぎるとか、期待外れのことがあるだろう」

「確かに、クッキー味にクッキーがあまり入っていなくてひどくがっかりしたことがあるわ」

　ルークがうなずいた。「だろう。だがバニラならその心配はない。信頼できる味だよ」

　あなたみたいに？　嫌味やからかいは口にせず、本当のことしか言わない。そんな彼に立ち向かう心の準備がまだできていない。

　オーレリーは座席の上で身じろぎ、軽いほほえみを浮かべた。「会話の糸口がほぐれてきたわね」

　シャンパンを一口飲んでルークが彼女を見やった。「バブルガムアイスなんか食べて大丈夫なのか？　血糖値が急激に上がるんじゃないか？」

「何事もほどほどならいいのよ」

　ルークがうなずいて彼女の足もとのバッグを指した。「もっと早くきくべきだったが、必要なものはすべて持ってきたかい？」

オーレリーはうなずいた。「血液検査キットも持っているわ。コンパクトで旅行中でも便利なの」

「病気がわかったのはいつ？」

「十七歳のとき」当時のつらい日々を思い出す。あちこちのイベントに忙しく飛び回っていたころで、希望を抱きながらも不安でいっぱいだった。

やがて、彼女はルークがこちらの顔をまじまじと見ていることに気づいた。瞳の中に隠しようもなく浮かぶさまざまな感情を読み取られたようだ。

「どんなふうに始まった？」

「典型的な症状よ。体重減少、異常なのどの渇き、めまいの発作など」

ルークが眉をひそめた。「それをタブロイド紙は拒食症とかアルコール中毒とか薬物の過剰摂取だと書き立てたのか」

オーレリーは肩をすくめた。「あの人たちはそういうのが得意だから。それに、わたしだって優等生じゃなかったし」あごを軽く上げてほほえもうとしたが、胸は激しくとどろいていた。

ルークがじっと見つめる。「誰だってそうだよ」

「あなたはすごく真面目そうじゃない」

「それは違う」ルークがあごをさすった。

たまらなくセクシーなしぐさだ。何よりもセクシーなのは、ルークが自分の魅力に気づいていない点だ。身のこなしは自然だが品があり、広い肩やがっしりしたあごについ目が吸い寄せられてしまう。彼のすべてがしっかりして力強く、安心できる。

「なぜこれまで糖尿病のことを公にしなかった？」

オーレリーは不意に疲れを感じ、座席の背に頭を預けた。「退屈な病気だから。みんなにあれこれ類推させるほうが面白いって、エージェントが」

「ひどいエージェントだな」

自分でも意外なことに笑ってしまう。「確かに。二年ほど前にクビにしたわ」

「それからだって釈明はできただろうに」

オーレリーは目を開けた。「たぶん、言いたくなかったのね」

「なぜ？」

「本当のことを言って誰にも信じてもらえないより、黙っていて勝手に悪い想像をされるほうがましだから。わからないでしょうね、嘘がつけないという強迫観念に縛られたあなたには」

ルークはしばらく黙ったまま、身を硬くし、瞳を暗く光らせて顔をそむけた。今の何気ない言葉が痛いところを突いてしまったのだろうか。

「わかるよ」しばらくして彼は低い声で答えた。どういう意味かたずねたいのをオーレリーはこらえた。今日はもうこれ以上の打ち明け話はやめておこう。

飛行機がカミギン島に着くころには、オーレリーは再びリラックスし始めていた。ルークもまた、好きな映画やメッツとヤンキースのどちらのファンかなど、話題を軽いものに変えていた。

小さな飛行場で飛行機を降り、島のタクシーである錆だらけのジープでマンバジャオに入る。カミギン州都のマンバジャオは小さな町で、木製ベランダとトタン屋根の古ぼけた建物が並び、狭い道には自転車や果物売りがひしめき、貧しい身なりの子どもたちが駆け回っている。これまでリムジンや高級ホテルを使い、厳しく管理された区域の外には一歩も出なかったオーレリーの旅の経験とは大きく違うが、とても楽しい。ほこりっぽい道を歩き回り、可能性や希望を感じるこんな経験にずっと憧れてきた。

「まず何をするの？」

「市場で昼食を買って、滝まで行って食べよう。ツワサン・フォールズはなかなかの絶景だよ」

「行ったことがあるの？」

「前回マニラへ来たときに寄ったんだ」

なぜか、オーレリーの胸が嫉妬にちくりと痛んだ。

かつての恋人を連れていったのだろうか。彼のいつものロマンチックなデートコースなのだろうか。

「一人でね」ルークが静かに、ちょっとからかうように続け、オーレリーはまた頰を染めた。これまで男性相手に頰を染めることなどなかったし、そうする理由もなかった。わたしは、世間ずれして恥じらいなどとは無縁のオーレリーなのだ。

　でも、そんな仮面はもろくもはがれ落ちつつある。完全に落ちたあと、何かいいものが残るのか、それとも何も残らないのか。自分でもまだわからない。

「おいで」ルークに導かれ、地元の農産物や魚などがあふれる市場に入る。「何か食べたいものは？」山と積まれた果物や野菜、椀に入った麵類や春巻。

「パタはどうだい？　パリッと揚げた豚足だよ」

　オーレリーは顔をしかめた。「あまり冒険はしたくないわ」

「すごくうまいよ」

「食べたことがあるの？」

「目新しいものに挑戦するのが好きなんだ」

「あれは何？」オーレリーはジャガイモのようにも見える、丸くて黄色っぽい果物を指した。

「ランソネスだ」

「あれも食べたことある？」

「あるよ。だが気をつけないと。熟れていない実はすごく酸っぱいんだ。熟れていればとても甘い。いちかばちかだ」ルークは実を一つ手に取り、親指で熟れ具合を確認した。「食べてごらん」

　売り子がナイフで手早く皮をむき、オーレリーに渡してくれた。恐る恐るかじってみたオーレリーは次の瞬間、手の中に吐き出した。「ぺっ！」

「酸っぱかった？」

　オーレリーは彼の肩をたたいた。「もう、わざとやったわね！」

「今度はこれを食べてごらん」

真面目そうな横顔を、きりっと結んだ唇を、服に隠れたたくましい体を見やる。あなたは何を証明しようとしているの?

ルークは別の売り子から買ったわらかごにランソネスを何個か入れ、さらに二人でマンゴーと春巻、地元のソーセージや冷たい麺などを買って入れた。沼地らしくじっとりしているが太陽は照りつけて暑いので、水のボトル二本と日よけ用の帽子も買った。

「さあ、滝へ出発だ」ルークはトタン屋根の車庫でせいぜい十六歳ぐらいの若者と交渉の末、おんぼろのジープへオーレリーを案内した。

「奥さま、お車でございます」

オーレリーは心配そうにその車を見やった。「大丈夫? ジャングルの真ん中で壊れたりしない?」

「大丈夫、これでジャングルへ行くわけじゃない」

「じゃあ、どこへ?」

「五キロほど先の駐車場さ。そこからは歩きだ」

「信じていいの?」彼女は二つ目の皮をむいた実を受け取った。

「ランソネスにも二度目のチャンスをくれ」

一口かじった瞬間、口の中に強い甘みが広がり、彼女は目を見開いた。「すごい」

「だろう?」満足げなルークの声に、オーレリーは天を仰いでみせた。

「人生の教訓をありがとう。勉強になったわ。なんにでも二度目のチャンスは与えてやらないとね」

売り子に金を払うと、ルークはオーレリーの背中に手を添えて次の露店へ導いた。「なんにでも、というわけじゃない。ぼくとこの果物だけでいい」

まるで過ちを犯したのは、二度目のチャンスが必要なのは自分一人だと言いたげだ。けれども、彼と最初の、そして二度目の出会いのとき、オーレリーは生まれ変わる必要があるのはルークではなく、むしろ自分のほうだと感じた。

「歩き？　ジャングルを？」
「それだけの価値はあるよ」
ルークはオーレリーに帽子を渡し、運転席に乗り
込んだ。オーレリーは彼の日焼けしたたくましい腕
から、おんぼろジープを巧みに運転する姿から目が
離せなかった。ジープはマンバジャオの混雑する道
を抜け、でこぼこ道を走り続けた。
日差しが降り注ぎ、そよ風が肌に心地いい。遠く
に見える活火山は濃い緑におおわれ、もやのかかっ
た空を背景に黒々とそびえている。オーレリーはシ
ートに頭を預けて目を閉じた。これほどくつろいだ
幸せを感じるのはいつ以来か、思い出せないほどだ。
「着いたよ」
目を開けると、ルークが駐車場らしき砂利敷きの
スペースに車を停めていた。二人のジープ以外、車
は見当たらない。
オーレリーは目をこすった。「うとうとしていた
みたい」
「ちょっとね」ルークの口調はどことなく親しげだ。
寝顔を見られていた？　彼の肩に頭を預けていた？
よだれを垂らしていた？　また顔が赤くなる。
「ここはどこなの？」
「まだどこでもない」ルークがジープから降り、か
ごを取った。「ここからジャングルを抜けて一キロ
半ほど行った先がツワサン・フォールズだ」
「一キロ半？　ジャングルを？」オーレリーははい
ていた革のサンダルを見下ろした。「教えておいて
ほしかったわ、今日はサバイバルツアーだって」
「ごめん。でも、ほとんど木道だから大丈夫だよ」
オーレリーはルークについて、深いジャングルに
設置された高床式の木道に足を踏み入れた。ほんの
数メートル進んだだけでむっと暑く濃い空気に包ま
れる。鳥がさえずり、虫の鳴き声が響き、ジャング
ルはまるで生き物のように息づいている。鮮やかな

緑のトカゲが木道を横切り、名前もわからない獣の悲しげな遠吠えがどこかから聞こえる。

オーレリーは手すりにつかまって思わず足を止めた。胸がどきどきする。「すごく……濃密ね」

ルークが振り向いた。「大丈夫かい？」

「ええ。ただ、最初のデートは映画か何かだろうと思っていたから」

ルークが苦笑いした。「いくらぼくが退屈な男でも、もう少しましなデートはできるさ」

「あなたを退屈だなんて思っていないわ」

「バニラアイスみたいな男だと思っているくせに」

オーレリーはルークを見返して静かに答えた。「ええ。バニラアイスみたいに信頼できると思っているわ」手すりをつかむ手のひらが汗ですべり、胸がまだ高鳴っている。これほど正直な気持ちを口にしたのは初めてな気がする。

ルークの瞳がかげり、沈黙が二人をさらに強く結びつける。「あまり結論を急がないほうがいい」やがてルークはそう言うと、彼女に背を向けて先へ歩き出した。

「そうじゃないというの？」

「きみはまだぼくを信頼してはいない。その信頼はぼくがこれから勝ち取らなければいけないものだ」

周囲の湿気とはうらはらに、のどがからからになる。「勝ち取りたいの？」

振り向いたルークの瞳がさらにかげる。「ああ」

もう勝ち取っている、わたしはあなたを信頼していると言いたかったが、なぜか言葉が出てこない。

それからしばらく二人とも口をきかなかった。木道がすべりやすくなり、やがて激しく流れる小川の岸辺で終わってしまった。

「これからどうするの、ターザン？」

「川を渡る」

「わたし、革のサンダルなんだけど」

「きみは靴のことなど気にする人じゃないだろう」

「巨大な肉食魚に親指をかじられるのはいやよ」

ルークが声をあげて大笑いした。気持ちのいい笑い声だ。「巨大な肉食魚はここにはいないよ」

「本当に？」

「中くらいのやつだけだ」

「よりによってこんなときに冗談？」

「今日は口がよく回るな」ルークは小川の中の平たい岩に乗り、彼女に手を差し伸べた。「おいで」

オーレリーがそろそろと伸ばした手を彼の温かい手が握り、もう片方の手を腕に添えて岩の上へ引き上げてくれた。二人の腰がぶつかり、体が熱くなる。

「これならいけそう」オーレリーがつぶやくと、ルークが小さくほほえんだ。

「だろう。さあ、次の岩だ」

ルークが後ろ向きに次の岩へ移り、オーレリーも続いた。周囲の水音が聞こえ、足首にぬるいしぶきがかかる。小川の真ん中で下を見ると、つま先のすぐ先を鮮やかな青い魚が泳いでいく。その瞬間足がすべったが、ルークが彼女の腰に腕を回して軽々と抱きとめてくれた。

「秘訣(ひけつ)は下を見ないことだ」

「早く言ってよ」

次の岩、また次の岩と渡っていき、二人はようやく対岸に着いた。ルークが得意げな顔でほほえみ、オーレリーはかぶりを振った。

「信頼を得るための大きなレッスンというわけね」

「うまくいったかな？」

「まあね。もしわたしが落ちたらどうしたの？」

「落ちなかっただろう」

「でも、もし落ちたら？　もしあなたが足をすべらせたら？」

「ぼくが？」ルークがかぶりを振って彼女を見た。

「それで何もかも台無しになっていたと思うか？」

オーレリーは笑みを浮かべた。この人といると楽しい。「何もかもとは言わないけど、でもさっきのランソネスのこともあるし……」

「うまかっただろう」

「二つ目はね」

「そういうことだよ」

ルークが彼女の手を握ったまま、先に立って小川に沿って歩き始めた。足もとの地面は柔らかくしっとりしている。彼と指をからめ合う感触がとても心地いい。深い茂みの間を縫うように進んでいくと、ルークが不意に足を止めた。

「目を閉じて」

また信頼のレッスンね。「いいわ」オーレリーが目を閉じると、ルークがぐっと手を引っ張った。オーレリーは一歩、また一歩と歩を進めた。

「さあ、開けて」ルークがささやいた。目を開けたオーレリーは驚きにはっと息をのんだ。

7

「すごい」

「来た価値は絶対にあっただろう？」

オーレリーは滝の絶景からルークの得意げな笑顔へと視線を向けた。「絶対とは言えないわね。サンダルがびちょびちょよ」

「革は乾くさ」

「すばらしいわ」オーレリーが認めると、ルークの笑みが大きくなった。満足げな、幸せそうな笑みだ。

「食べ物を広げられる場所を探そう」ルークがまた彼女の手を引き、二人は大きく平らな岩を見つけた。岩は太陽に温められ、ピクニックに最適だ。

ルークが食べ物を広げている横でオーレリーは岩

の上に脚を伸ばして座り、改めて滝を見た。本当にすばらしい眺めだ。シダにおおわれた岩々から流れ落ちる水はきらきらと輝き、十五メートルほど下の静かな滝つぼへと吸い込まれていく。

隣を見ると、ルークがナイフでランソネスの皮をむいていた。笑みを浮かべ、瞳がいたずらっぽく光っている。「もう一つ食べてみるかい？」

「どうしようかな」

「大丈夫、これは甘いやつだから」ルークが笑いながら一切れオーレリーの口に入れた。甘くジューシーな果実とともに、彼の指が唇をかすめる。ほんのわずかに触れただけで電流が走り、体の奥深くが熱くなる。自分が欲望を感じられることにオーレリーは驚いた。こんな感覚はピート以来初めてだ。

「おいしいわ」やっとそう答え、唇についた果汁をぬぐう。鼓動が全身でとどろいているようで、感情も思考も渦のようにぐるぐる回っている。ルークが二枚の紙皿に食べ物を並べ終わると、オーレリーは言った。「考えてみればわたし、あなたのことを何も知らないのよね」

「何を知りたい？」

「なんでもいいわ。生まれ育ったのはどこ？」

「ニューヨーク市内とロングアイランドだ」

「ハンプトンズ？」ルークがうなずき、オーレリーは膝を抱えた。「さすがは〈ブライアント・エンタープライズ〉、恵まれた環境で育ったのね」ブライアント家についてさほど知っているわけではないが、裕福であることはわかる。わたしみたいに下劣なタブロイド紙ではなく、社交欄に載るような人たちだ。

「きょうだいがいると言っていたわね」

「ああ、二人」

「仲はいい？」

「いや」口調は穏やかだが、その言葉の奥に暗い感情が渦巻いているのを感じた。ルークについて知るたびに、彼をもっと理解したくなる。

「それはなぜ?」

ルークが片方の肩をすくめた。「端的に答えると、アーロンはくそ野郎で、チェイスはずっと昔に家を出ていったからだ」

「どういう意味? もう少し詳しく話して」

ルークがため息をつき、後ろに手をついて体を預けた。「兄のアーロンはなんでも指図したがる男でね。まあ、幼いころから、大人になったら〈ブライアント・エンタープライズ〉のCEOになるんだ、責任感を持て、権威を持てと父に言い聞かされて育ったから、そう思い込んでも無理はないんだが」彼は唇を結び、きらめく滝を目を細めて見つめている。

「チェイスは?」

「チェイスは弟だ。いつも反抗的で何度も問題を起こし、寄宿学校も退学になった。大学時代に父に勘当されたが、あいつは気にもしていなかったと思う。今は建築家として成功し、ほとんど連絡もない」

オーレリーは膝を抱えた。「寂しいわね」

「そうか?」ルークが眉をつり上げて彼女を見た。「あいつは今のほうが幸せだと思うよ。たまに会うといつも楽しそうで、冗談ばかり言っている」

「あなたは? あなたの立ち位置はどこなの?」オーレリーは一番ききたかったことを静かにたずねた。ルークがためらい、彼女はようやく彼の本質に近づきつつあると感じた。「それとも、どこにもなかったの?」

「ぼくは典型的な真ん中っ子だった」

「どういうこと?」

「強烈な個性の兄と弟にはさまれていた。大人になってそれぞれ独立してからはずっと楽になったよ」

「あまり居心地のいい家ではなかったようね」

「そうだな」ルークがこちらを向いてかすかにほほえんだが、その笑顔の奥にはまだ黒い感情が渦巻いているのがわかった。「子ども時代を懐かしく思うことはない。ぼくは内気で不器用で、吃音まであったから」軽い調子で言ったが、ルークが傷ついていることはオーレリーにもわかった。「実際、父にはぼくのために割く時間などまったくなかったんだ」

「わたしの子ども時代と少し似ているかも」オーレリーは静かに答えた。

ルークが振り向いた。「へえ、どんなふうに?」

オーレリーはこみ上げる痛みをのみ込んだ。共感と追憶の痛みだ。子ども時代について、これまで誰にも話したことはない。「うちの母もわたしにかまう時間はなかったし、父もいなかったから」

ルークが考え込むように眉根を寄せた。「誰に育てられたんだ? お祖母さんか?」

「だったらよかったんだけど。祖母とは十一歳の夏をいっしょに過ごしただけ。これまでの人生で一番幸せな時間だったわ」

「じゃあ、どこで育ったんだい?」

「どこでもないし、どこでもある。母は同じ場所に数カ月、下手をすると数週間もいられない人だった。地元の食堂やなんかで職を見つけ、わたしを学校へ入れて、ろくでもない恋人を見つけた。その男が母を殴ったり母の金を盗んだりし始めるたびに、わたしを連れて次の土地へ移っていったの」

「それはひどいな」ルークが静かに言った。

オーレリーは肩をすくめた。「昔のことよ」

「ジュリア・シュミットはお母さんの名前か。きみはお母さんからあの家を買ったんだな」

オーレリーがうなずいた。「祖母が亡くなるときに母にあの家を遺したの。わたしはまだ十七歳だったし、家があれば母も落ち着くと思ったのね」

「だが?」

オーレリーはため息をついた。「母には落ち着く気なんてなかった。だからわたしが母からあの家を買ったの。もうそのころはスターになっていてお金もあったから、相場以上のお金を積んでね」

「ようやくわが家を手に入れたんだな」

オーレリーは思わず目をしばたたいた。なぜそんなにすぐわたしの気持ちがわかるのだろう。それが怖くはなく、安心できて心地いい。

「お祖母さんが亡くなったときの喪失感は大きかっただろうな」ルークの言葉に彼女はうなずいた。

「今でも寂しいわ」

「お母さんは？」

オーレリーは肩をすくめた。「さあね。どこかで生きているんじゃない。昔はちょくちょくお金をせびりに来ていたけど、わたしが表舞台から消えてからは来なくなったわ」ため息をつき、脚を伸ばす。

「またそのうち姿を現すでしょうけど」

「それじゃ、今は本当に一人なんだな」

一人ではあるけれど、今は孤独だとは思っていない。あなたのおかげでささやかな幸せを感じていると言いたかったが、不安で口に出せなかった。思いきり拒絶されるかもしれない。まだルークが知らないことはたくさんあるのだ。

「あなたのご両親は？　ご健在なの？」

ルークがかぶりを振った。「二人とも死んだよ」

「それは残念ね」そう言って目を向けると、ルークは完全な無表情になっていた。「どんなふうにお亡くなりになったの？」

「父は心臓発作で、ぼくが大学を卒業してすぐに」

ルークはしばらくためらってから続けた。「母は、ぼくが十三歳のときに、乳がんで」

「それはつらかったわね」

ルークは無表情のままふっと頭を振った。何か、人に言えない痛みを隠しているのだろうと感じつつ、オーレリーはそれ以上追求しなかった。

「あなたも一人なのね」そう言って口をつぐむと、

張りつめた沈黙のあと、ルークが彼女の手を取った。

「今は違う」そのままその手を引っ張って立ち上がらせる。「泳ごう」

「泳ぐ？」オーレリーは深い滝つぼを警戒の目で見下ろした。「巨大な肉食魚がいるんじゃないの？」

「それほど大きくないし、襲ってはこないよ」

「水着を持ってきていないわ」

「ほかのもので代用できる」それでもためらうオーレリーに、ルークは静かに言い添えた。「気が進まないならいいけど」

これもまた信頼のレッスンなのだろうか。これまで、男からモノ扱いされることに慣れきっていた。むしろ、自分からそう仕向けていた。けれども、ルークはほかの男たちとは違う。

「いいわ。泳ぎましょう」

ルークが先に立って細道から滝つぼへ下りていく。手を引かれてあとに続いたオーレリーは顔を上げ、岩を荒々しく流れ落ちる滝が驚くほど静かな滝つぼへと吸い込まれていくさまに目を奪われた。

「もう内気は卒業したみたいね」シャツを脱ぐルークを見たオーレリーは、むき出しのたくましい胸板を目にしてのどがからからになった。肩幅は広く、日焼けした胸板は厚く、腹筋はくっきりと刻まれヒップは小さい。ぽかんと口を開けて見ていると、ルークがにやりと笑ってショートパンツも脱ぎ捨てた。

ボクサーパンツ一枚になった彼のたくましい太もと、パンツの下に隠されたものから目が離せない。

「そんなにじろじろ見られたら恥ずかしくなるよ」冗談っぽく言う彼の声もかすれ、欲望がにじんでいて、それがまた興奮をかき立てる。

前回は彼の欲望を武器として利用したけれど、今は喜びに感じられる。オーレリーは彼の目をまっすぐ見てほほえんだ。「べつに悪いことじゃないわ」

ルークが彼女のピンクのサンドレスにうなずいて

みせた。「きみの番だ」

もう裸は一度見られている。下着姿なら何度も見せている。それなのに今回はもっと、自分をさらけ出すような気分だ。オーレリーはストラップを肩からすべらせ、サンドレスを脱いだ。

「あいにく、つまらない下着だけど」シンプルなコットンのブラジャーとボーイズレングスのショーツだが、素っ裸になった気分だ。ルークの熱い視線に体が燃え上がり、ありとあらゆる欲望とほんのわずかな恐怖が、不安と記憶がこみ上げてくる。

「早い者勝ち！」ルークはにやりと笑って叫ぶと同時に飛び込んだ。滝つぼをのぞき込むと、水面に顔を出した彼がこちらを見上げている。

オーレリーは笑いながらもまだ動かなかった。

「どうした、怖いのか？」

「慎重なだけよ」もう何年も、競泳用のプール以外で泳いだことなどない。

「バーモントで過ごした夏の間、池で泳いだりしなかったのか？　それと変わりないよ。ここのほうがいいくらいだ、底は泥じゃなく砂と岩だから」

なぜそんなことまでわかるの、とオーレリーは驚いてルークを見下ろした。確かにバーモントの池で何時間も泳いだことはあったし、底は泥だった。

「来いよ、ここで待っているから。もし肉食魚がいたらぼくの肩にのっていいよ」

また信頼のレッスンだ。こういう小さな信頼を積み重ねていくことで、もっと大きなことでも彼を信頼できるような気がしてくる。自分の過去について、まだすべてを打ち明けることはできないけれど、これくらいならできる。

オーレリーは大きく息を吸い、勢いをつけて滝つぼへ飛び込んだ。しばらく頭の先まで水に包まれたまま完全な静寂を楽しんでいると、ルークの両手が肩にかかってぐいと引き上げられた。

「何を――」

「脅かすなよ！　溺れたかと思ったじゃないか」強い口調ながらも、彼の瞳は楽しげに光っている。

「わたしは泳げるわ」

「肉食魚に食われたかと」

思わずあげた笑い声は、ルークの瞳が暗くかげるのを見た瞬間に震えて消え、オーレリーは自分の中にも欲望が息づくのを感じた。ルークはまだ彼女の肩をつかんだままで、彼の肌にしたたるしずくも、魅力的なカーブを描く唇もすぐ目の前だ。柔らかく温かく甘い、その感触を知っている唇。

次の瞬間、ルークは彼女から手を離し、滝に向かって泳ぎ出した。「こっちへ来てごらん」肩越しに呼びかけられ、オーレリーはちらりと落胆を覚えた。キスしてもらいたかったの？

ええ、そうよ。

こんな気持ち、初めてだ。どきどきする。なぜ彼はキスしてくれなかったのだろう。

オーレリーは小さくかぶりを振り、彼のいる滝の前まで泳いでいった。

「滝の裏に小さな洞窟があるんだ。滝の下をくぐって向こう側へ行ってみよう」

まずルークが潜り、オーレリーも続いた。数秒後に水から顔を出すと、そこはシダでおおわれた岩棚が張り出し、目の前の滝がきらめくカーテンのように外界から隔てていた。ルークが岩棚に上がり、オーレリーに手を差し伸べた。

二人はしばらく黙ったまま座っていた。オーレリーにとって、この上なくリラックスした、すばらしい時間だった。自分以外の人間とこれほど心が通じ合ったように感じるのは初めてだ。拒絶される不安など捨てて、この気持ちを彼に伝えたい。それほど大切なことだと思えた。

オーレリーはルークに笑顔を向けた。「すばらしいわ。今日一日、何もかもすばらしかった」

「ぼくもそう思うよ」ルークが指先でそっと彼女の頬に触れた。そのまなざしは優しく、それでいて強く、唇はすぐ目の前で――

「ルーク――」何を言うつもり？　キスして？　確かに、してほしくてたまらない。でも彼はキスしてはくれず、彼女に最後まで言わせることもなく、岩棚から下りてまた滝の向こうへ泳いでいった。

オーレリーは小さくため息をつき、あとに続いた。

二人は浅瀬へ移動してもう少し泳ぎ、水をかけ合ったりして楽しんでから滝つぼを出て、太陽で温められた岩に戻って体を乾かした。

下着だけの姿で脚を投げ出し、後ろに手をついて岩に座っていると、仮面も鎧も脱ぎ捨てたありのままの自分でいられる気がする。今日は朝からずっと一日そんな気分だ。ルークがこんなデートを用意してくれたのには何か理由があるはずだ。それを聞かせてほしいとオーレリーは思った。

「お母さんに連れ回されてあちこち転々としていたのなら、どうやって有名歌手になったんだい？」しばらく静寂を楽しんだあと、ルークがたずねた。

「カンザスのバーのカラオケ大会に出たの、信じられないかもしれないけど」

「カラオケで歌ったのか？」

「ええ、母と二人でね」

「へえ」

「どういう意味、〝へえ〟って？」

「いや、お母さんは有名人じゃないだろう？　あまりいい気はしなかったんじゃないか、ティーンエイジャーの娘が――きみはいくつだった、十六か？」

「十五歳。十六歳の誕生日の一カ月前だったわ」

「きみは若くてきれいで、スターになろうとしていた。一方、お母さんはそんなものとは無縁だった」

なぜか、そんなふうに思ったことは一度もなかっ

いう強い衝動に、ルークはわれながら驚いた。オーレリーはぼくの心に、長い間忘れていたさまざまな感情をかき立てる。これまではあたりさわりなく人生を過ごしてきた。決して深入りせず、仕事を口実にして、そんな激しい感情から目をそむけてきた。誰かと本気でつき合ったりすれば、痛みや危険を伴い、大きなものをなくしてしまう、と。

ぼくの痛みなどどうでもいい。彼女を傷つけてしまうのではないかと、それが怖くてたまらない。

〝ご両親はどんなふうにお亡くなりになったの？〟

ほんの一瞬、本当のことを言いたくなった。だが、ずっと昔に胸の奥深くへしまい込んだものをそう簡単に吐き出せるとは思えなかった。そのことは考えまいとしたが、オーレリーといると彼女のだけでなく、自分自身の秘密までも浮かび上がってくる。

「ああ、すばらしかった」だがもうこんな時間だ。またあのジャングルを歩いて戻り、ジープと飛行機に乗って帰らなければいけない」

「現実に戻るのね」オーレリーが顔をしかめ、ルークは彼女の手を取って静かに言った。

「現実もそう悪くはないよ」一日一日少しずつ、二人で作っていく新たな現実だ。だが、明日はどうなっていくのだろう。

二人はなごやかな沈黙の中、歩いてジープまで戻った。うっそうとしたジャングルから陽光の中へ出たとき、鮮やかな青色のモルフォ蝶がオーレリーの顔のすぐそばに飛んできて、一瞬髪に止まった。彼女が声をあげて笑い、そのうれしそうな様子にルークもほほえんだ。と、彼女がいきなり彼に身を寄せ、唇を軽く触れ合わせた。

そのささやかなキスにルークは固まった。体がかっと熱くたかぶっただけでなく、それ以上の――かけがえのない何かを感じた。それは計算ずくではない、オーレリーの素直な心が表れた行為だった。

「今のはなんだい？」そうたずねると、オーレリーが肩をすくめてほほえんだ。

「キスしたかったから」そう言って唇を噛むむ。「いやだった？」

まさか。「いやなんかじゃないさ」

「よかった」

まずは幸先のいいスタートだ。

飛行機に乗り込むころには、眠気に襲われていた。革張りの座席の隅で体を丸めたオーレリーは、隣に座ったルークの肩にごく自然に頭を預けた。ルークがその体に腕を回し、自分の胸板に彼女の頬を抱き寄せるしぐさもとても自然だった。オーレリーは彼の胸にぴったりと寄り添い、飛行機が離陸するころにはまどろみ始めていた。

ホテルに戻ったときには暗くなっており、ルークがスイートルームまで送ってくれた。振り向いて彼を見上げたオーレリーの胸が激しくとどろいた。入って、と言うべき？　入ってもらいたいの？　心のどこかではそう熱望しつつ、まだこれまでの不安が残っている部分もある。カードキーを取り出し、ためらってからまた振り向いた彼女は、ぎこちなく笑みらしきものを浮かべた。

ルークもほほえみ返し、彼女の頬を手で包み込んだ。手のひらの温かさに心が休まり、同時に興奮が高まる。体がこわばる。触れてほしい。でも……。

「おやすみ、オーレリー」ルークが手を下ろし、背を向けて廊下を去っていく。オーレリーは信じられない思いで、少し落胆しながらその背中を見つめた。

「えっ……キスしないの？」

振り向いたルークの目が光った。「ああ。きみはそれを求めていなかった」

「求めていたわ」そう言い返しはしたものの、その声が自信なさげなのはオーレリーにもわかっていた。

「何を求めているのか、自分でもよくわかっていないんじゃないか」ルークが静かに言った。「きみが自分の気持ちに自信が持てるまで、ぼくはきみに触れるつもりはない」

「どうして?」わけがわからない。

「むしろ、なぜ触れてほしいのか、と考えてごらん」その問いかけにオーレリーは答えられなかった。ルークは最後にほほえみ、廊下を去っていった。彼がキスしなかったことを半ば落胆し、半ばほっとしながら、オーレリーは一人たたずんだ。

翌日は朝からまぶしい晴天で暑く、ベッドに横になったまま昨日のことを思い返していたオーレリーは、今日がなんの日か思い出して固まった。

シンガポールへ移動して、今夜はまた新装開店セレモニーだ。ごくりとつばをのみ、膝をぎゅっと抱える。フィリピンのファン同様、シンガポールのファンもわたしの新曲など聴きたくないだろう。だとしたら、わたしは……どうしたらいいの?

そんな疑問から目をそらし、オーレリーは着替えて朝食をとり、約束どおり九時にロビーでルークと落ち合った。プライベートジェットでシンガポールへ飛び、マリーナベイの〈フラートン・ベイ・ホテル〉にチェックインして、そのまま〈ブライアント・ストア〉の店舗へ向かう予定だ。

飛行機に乗るころには、オーレリーはもう緊張に耐えられなくなった。向かい側に座るルークは書類を膝に置き、親指と人差し指を額に当てている。とても厳しく真剣な表情だが、額に一筋落ちかかる前髪をなでつけてあげたい、その柔らかな髪に触れたいという衝動がこみ上げてくる。ルークはわたしに指一本触れることなく、存在すら知らなかった胸の内の欲望を呼び覚ましてくる。

もし触れられたら、どうなってしまうのだろう。

彼女の視線に気づいたかのように、ルークが目を上げて物憂げにほほえんだ。「緊張しているね」

オーレリーは一瞬心の内を見抜かれたかと思ったが、やがてセレモニーのことを言っているのだと気づき、ほっとした。「ええ」

「大丈夫、うまくいくよ」

「あなたにはわからないわ」

「確かに」ルークが書類を革製のケースにしまい、脚を伸ばした。「大きなコンサートをやっていたころはどうしていたんだい、緊張をほぐすときは」

オーレリーは肩をすくめた。「さあ。ステージ前でも緊張したことはなかったから」

ルークが目を丸くした。「一度も？　マディソンスクエアガーデンで一万人の前で歌ったときも？」

オーレリーは笑ったが、その声は震えていた。「ええ。だって全部演技だから。あれは本当のわたしじゃなかった……だから平気だった」

「でも今回は本当の自分、だから怖いのか」ルークが静かに続け、オーレリーはうなずいて自分の手を見た。ルークがその手に手を重ね、指をからめた。下手な気休めを言うことはなく、それがうれしかった。沈黙こそが誠実であることもある。

だが、シンガポールに着いてリムジンでホテルへ向かうと、また緊張が戻ってきた。バルコニーからの眺めも、豪華なスイートルームもほとんど目に入らず、オーレリーの頭は本当の自分をさらすステージのことでいっぱいだった。

なぜあんな曲を作り、ルークに歌って聴かせてしまったのだろう。

「観客がどう思おうが関係ないよ」その声に振り向くと、スイートルームの戸口にルークが立っていた。

「観客が気に入らなくてもかまわない。大事なのはきみ自身の気持ち、きみが自分をどう思うかだ」

わたしが自分をどう思うか？　そんなことわから

ない。本当の自分でいることにまだ慣れず、自分が何者かさえよくわかっていないのに。

「そろそろ行かなきゃ」オーレリーはそう言うと、ルークの脇を抜けて廊下へ出た。

オーチャードロードの〈ブライアント・ストア〉に着くと、ルークはオーレリーと各フロアを回り、新しいカフェや地元の職人たちの手による工芸品や衣料品を並べたコーナーなどを案内してくれた。

「偉い人たちのお相手をしなくていいの？」控室までついてくるルークに、オーレリーは冗談半分に言った。大理石のロビーにはすでに観客が集まり、オープニングの宣言を待っている。

「これから何人かに挨拶をしに行くが、開演までには戻ってくる」

ルークはあれこれと気をそらしてくれていたが、忘れていた不安と恐怖がまたよみがえってくる。

「わかった」努めて平気な顔をしてみせても無駄だった。ルークが力強く安心させるように彼女の両肩に手を置き、ほほえんで静かに言った。

「観客のことも、ぼくのことも忘れて、自分のために歌うんだ。オーレリー、きみ自身のために」

なぜかこみ上げてくる涙をこらえて笑みを浮かべてみせると、ルークは彼女の額にキスをした。

「大丈夫、きみならできる」

三十分後にルークが戻ってきたときには、もうステージに出る用意はできていた。柔らかな色調のラベンダーのサンドレスにカウボーイブーツ、髪は無造作に肩に下ろし、ギターを抱えていた。

ルークがほほえんだ。「とてもすてきだ」

オーレリーは泣きそうな顔で笑い返した。「ひどい気分だわ」

「きみならできる」それはさっきの励ましとは違う、宣言だった。ルークはわたしを信じてくれている。たぶん、わたしが自分を信じる以上に。

数分後、オーレリーがステージに歩み出ると、観客がはっと息をのむ音が聞こえた。驚いているのか、怒っているのか。オーレリーはスツールに腰かけ、顔の見えない観客に視線を向けて息を吸った。痛いほど鼓動が高鳴り、目の前が真っ白になる。無理だ。やっぱりできない。

そのとき、ほんの数メートル離れたステージ袖にルークの存在を感じた。身動きもせず声も聞こえないが、彼の温もりに目の前の霧が晴れた。そのまっすぐなまなざしを、笑顔を横目で確認したオーレリーは、一つ息を吸ってまばたきし、歌い始めた。

聴いたことのない曲に、観客の中に戸惑いのざわめきが広がるのがわかった。だが歌声が会場に満ちるにつれ、観客にどう思われようが関係ないと思えてきた。ルークの言ったとおり、わたしは観客のために歌っているのではない。そして、わたし自身のためだけでもない。

ルークのためだ。誰よりも、わたし自身よりもわたしを信じてくれたのは彼だけだから。自分の魂を取り戻すすべを教えてくれたのは彼だから。だからこの曲は彼のために、わたしのために、わたしたち二人のために歌う。

やがて歌が終わり、最後の音が消えたとき、会場のロビーは静まり返った。誰一人声もたてず、拍手もしなかった。

みんなどう反応すればいいかわからないのだろう、とオーレリーはぼんやり思った。

すると、ステージ袖から大きく拍手する音が聞こえた。ルークだ。そして、その拍手が引き金になったように、観客がどっといっせいに拍手し始めた。オーレリーはギターを片手に下げたまま、まぶしい照明に目を細めて泣き笑いしていた。そのままステージ袖へ下がった彼女はルークの腕に飛び込んだ。

ルークはオーレリーを抱きしめ、髪にキスをした。

「やったな。きみならできると思っていたよ」

胸がつまり、涙がこみ上げて声にならない。オーレリーは熱い思いのまま、ルークにキスをした。

軽く唇を触れ合わせるようなキスではない。情熱と願いを、感謝と喜びをこめた熱いキスだ。ギターを置いて彼の体に腕を回すと、ルークもそれに応え、同じように思いをこめてキスを返してきた。

これまで経験した中で最もすばらしいキスだった。

その夜はそのままふわふわした気分で過ぎた。ルークはずっとそばにいて、さまざまな有力者や役人たちに紹介してくれた。オーレリーは生まれて初めて、ステージで歌い踊るポップスターではなく、ありのままの自分でいられる気がした。

ルークに恋をしてしまったようだ、とぼんやり感じる。こんな短期間でありえないと思いながらも、心の中の真実が炎のように燃え上がるのを感じる。

この炎を絶対に消したくない。

ステージ袖で交わした情熱的なキスの記憶はまだ鮮明だが、そのあとどうなるのか考えると胸がざわつく。期待すると同時に怖くなる。

そんな不安を感じつつ、一晩中ルークの隣で過ごす時間はとても楽しかった。店の最上階のサンルームで開かれたＶＩＰ客との晩餐会では、三面ガラス張りの窓にきらめく夜景が広がり、港に面した方角にはヨットやボートが見えた。夜空には銀色の三日月がかかり、背中にはルークの温かい手を感じる。

「楽しんでいるかい？」

「ええ、とても」オーレリーはルークに笑顔を向けた。「新装開店は大成功ね。新店舗のデザインがすばらしいという声をあちこちで聞くわ」

「きみの新曲がすばらしいという声も聞くよ」

オーレリーは小さく笑った。「あなたが拍手し始めてくれなかったら、観客たちもしたかしら」

「したさ。みんな、きっかけがほしかっただけだ」

「次からは合図のボードを出すといいわ。わたしが歌い終わると同時に、〝拍手〟と大きく書いたボードを観客に見せるの」

「次の観客はもうわかっているさ。今夜はマスコミもたくさん来ていた。噂(うわさ)はすぐに伝わるよ」

オーレリーは深く息を吸い、そっと吐いた。「どんな反応が返ってくるか、考えると怖いわ」

「そんなの関係ないだろう？」

驚いてルークを見返し、確かに関係ないと気づく。あの曲を作ったのは誰かを驚かすためでも、自分への見方を変えさせるためでもない。カムバックしたかったからでもない。わたしが求めていたのは……名も知らぬ観客や全世界にではなく、ルークに、そして自分自身にありのままの自分を受け入れ、理解してもらうこと。ルークはそれを、わたしよりも先にわかっていた。

「おいで。きみに会わせたい人がいるんだ」ルークはそう言うと、オーレリーの背中に手を添えたままサンルームを横切っていった。

シンガポールのオーチャード銀行のＣＥＯと楽しげに話し、笑うオーレリーを見つめながら、ルークは胸の中で何かがふくらむのを感じていた。自然体で親しみやすく、自由な彼女の姿が大好きだ。

彼女を愛している。

脳内にするりと入り込んできたその思いに、ルークは内心固まりながら、会話に加わろうと努めた。〈ブライアント・ストア〉との特約でデザインしてもらうべく、地元の衣料品店と現在交渉中だが、この大切な契約をまとめるためには銀行のＣＥＯの機嫌を損ねるわけにはいかない。

だが……彼女を愛しているだと？　わずか数日間で？　彼女のことをよく知りもしないうちから？

これまでつき合った三人の恋人とは何度もデートを

重ね、互いの好みも知り尽くしたうえでスムーズに交際を続けてきた。だが今ではその三人の顔もほとんど思い出せない。本当に愛していたのか？　少なくとも、こんな気持ちではなかった。もちろん真剣ではあったが、いざ別れると決めてもさほど心が痛むことはなかった。

だが、相手がオーレリーとなるとまったく違う。夢中になり、心がわき立ち、不安になる。これが愛なのか？　ぼくはそれを求めているのか？

そして、こんなぼくを彼女は愛せるのか？　まだ話せていない秘密も、過ちや弱さもあるのに。そう考えると胸が締めつけられる。オーレリーは少しずつ本当の姿を――心の内や秘密を見せてくれているのに、ぼくはその扉を固く閉ざしたままだ。

こんな不公平な状態で愛など生まれるのか？

「ミスター・ブライアント？」

しまった。目の前の男性の話をまったく聞いていなかった。ルークはごくりとつばをのみ、努めて笑みを浮かべた。「失礼、なんでしたか？」

数時間後、外交官の妻と談笑しているオーレリーを見つけたルークは彼女の背中にわが物顔で手を置いた。まだ親密な触れ合いはできないまでも、こうして少しでも彼女に触れていられるのがうれしい。

「ご歓談中に申し訳ありませんが、そろそろ失礼します。明日も予定が詰まっていますし、彼女も少し休まないと」ルークが如才なく言うと、相手の女性は快くうなずいた。待たせているリムジンへ向かいながら、ルークはオーレリーにたずねた。「楽しく過ごせたかい？」

「ええ。どうせ退屈だろうと思っていたけれど、とても楽しかったわ」

「正直な答えだな」

オーレリーが屈託なく笑った。「ごめんなさい、これまでパーティやレセプションには何度も出たことがあるけど、いつも疲れるばかりだったから」

「それも演技していたからだろう」

「そうなの。でも今夜はありのままの自分でいられたから」オーレリーはゆっくりとかぶりを振った。

「思いもしなかった、あの曲を歌うことで自分がポップスター以外の何かになれるなんて。でも今は、ありのままの自分でいられる気がする……どこにいても、誰といても……そう、あなたといても」

大きな瞳で見上げられ、ルークの中にまた欲望が燃え上がった。たまらなく彼女がほしい。ぐいと抱き寄せて甘い唇を味わいたい。

そんな彼の表情に何かを感じたらしく、オーレリーがためらいがちに一歩近づいた。「ルーク――」

そのまま時が流れていたら、思いのままに彼女を抱きしめていたかもしれない。だがそのとき、店のドアが開いて、集まっていた客たちが二人を通そうと脇によけた。ルークは震える息を吐き、オーレリーをリムジンに乗せた。

薄暗い車内では何も話さなかったが、二人の間にぴりぴりした緊張が高まっていくのをルークは感じた。車がカーブすると二人の太ももが密着し、彼の太ももに電流が走った。彼女の呼吸の音が、彼自身の胸の鼓動が、増幅されたかのように響く。

これほど欲望に振り回されるとは。ルークは再び震える息を吐き、あてもなく窓の外に視線を向けた。

リムジンがホテルの正面玄関で停まり、同じフロアにあるそれぞれのスイートルームへ向かうエレベーターの中でも、二人は黙っていた。手の中のカードキーが汗ですべる。オーレリーを抱きしめ、彼女の中に自分を深く埋めたいという欲望など知らぬふりで、ルークはからからに乾いた口を開いた。

「さあ、明日もまた忙しいぞ」

「そうなの？　今後のスケジュールは？」

彼女の息が少しはずんでいるように聞こえるのは

気のせいだろうか。頬も赤らみ、瞳も輝いている。髪を耳にかけるしぐさに、耳の曲線や優美な首筋に思わず目を奪われてしまう。

「香港へ飛び、役人たちと市内観光をして、翌日は開店セレモニーのあとレセプションだ。それから二日間休みがあって、最後に東京へ向かう」

「そう」オーレリーが目をそらし、エレベーターのドアが開いた。ルークは廊下を進みながら、隣を歩く彼女をいやというほど意識していた。素足にドレスが触れる音、柑橘系のコロンの香り、息を吸うたびに上下する胸のふくらみ。

オーレリーが自室のドアの前で立ち止まり、ルークも足を止めた。彼女はドアに手をかけ、期待に目を見開いて待っている。だがルークは自分自身に、そしてオーレリーにも、彼女が心から求めるまでは触れないと約束した。今はまだそのときではない。

「おやすみ、オーレリー」約束はしたが、ほんの少しだけでも触れたいという衝動には逆らえず、彼は前の晩と同じように彼女の頬を手で包み込んだ。オーレリーが目を閉じて待ち受ける。その期待に応えてキスするのは簡単だ。だが、まだ早い。

意思の力を総動員し、ルークは彼女の頬から手を離すと、精一杯笑みを浮かべ、一人寂しく過ごす自分のスイートルームへと去っていった。

がらんとした部屋に入ると、オーレリーはドアにもたれて目を閉じた。

なぜキスしてくれなかったの？　彼もしたがっていたことはわかっている。わたしもそれを望み、意を決して近づいたのに、彼は身を引いた。

〝何を求めているのか、自分でもよくわかっていないんじゃないか。きみが自分の気持ちに自信が持てるまで、ぼくはきみに触れるつもりはない〟

昨日の言葉が頭にこだまする。わたしが自分から、迷いも不安もないと断言するのを待っているの？

　本当はまだ怖い。セックスを楽しんだことなど一度もないと言ったが、それは事実だ。大嫌いだと言ってもいい。ただ武器として利用してきただけだ。

　でも今は？　ルークとのセックスはもっと違うものであってほしい。でもそれは、不快なセックスをいっとき我慢するよりもっと怖い。

　オーレリーは目を開け、部屋を歩き回った。頭がぐるぐる回っている。ルークがほしい。彼とセックスがしたい。そして、そのためには歌を歌うときと同じく、恐怖を乗り越えなければいけない。ルークのためにも、わたし自身のためにも。

　ということは……今は何をすればいい？　オーレリーは汗ばんだ手のひらでドレスのしわを直し、歯を磨いて髪をとかし、軽くコロンをつけた。そして、それ以上考えてよけいに緊張する前に、ルークを探しに行った。

9

　ルークはノートパソコンを開き、財務会計表を画面に表示した。この欲求不満を紛らす手段としては仕事ぐらいしか思いつかない。ため息をつき、髪をかき上げてネクタイをゆるめ、画面をにらむ。

　五分後、部屋のドアをノックする音が響いた。

　ルークは固まった。誰かが訪ねてくる予定はない。再びノックの音。来るとしたら彼女しかいない。

「やあ、オーレリー」ルークは戸口に立ち、ついさっき別れたばかりのオーレリーを見つめた。さっきより乱れた髪、ふっくらと柔らかな下唇を噛(か)んだせいか、かすかに歯型がついている。

「入ってもいい？」

ぼくが初めてバーモントの家を訪ねたときと同じだ。ぼくがそうきくと、彼女はしぶしぶながら家に上げてくれた。彼女にこう言われては断れない。

「どうぞ」ルークが道を空けると、オーレリーが部屋に入ってきた。ドレスの裾が脚に触れる。「何か用かい？」ルークはドアを閉めてたずねた。われながら堅苦しい口調だ。

オーレリーが口角を上げ、大きく息を吸って言った。「ええ。あなたがほしいの」

ちょっと待ってくれ。まっすぐ見つめてくる大きな瞳、開いた唇。欲望がいっきに全身を突き抜ける。ルークは両手のこぶしを握りしめ、またゆるめて深呼吸した。「やめたほうがいい、オーレリー」

「あなた、前にもそう言ったわよね」

「そうだな。あのときもやめたほうがよかった」

オーレリーが傷ついたような表情で顔をそむけた。

「まだ早い。大切なことは急ぐべきじゃない」

オーレリーが一歩前に出た。「大切なことだからこそ、我慢しないほうがいいと思うの」

「きみはまだ準備ができていないと思う」

「それを判断するのはわたし自身じゃない？」

「確かにそうだが――」ルークはためらった。なぜぼくはこれほどかたくなに拒んでいるのか。前回の記憶がよみがえってくる。あのとき、オーレリーは石像のように固まり、自分が強姦犯のように思えた。ルークはため息をついて髪をかき上げ、ソファにどさりと腰を下ろした。「いったん座らないか」

オーレリーは警戒するように向かい側に座った。ルークは初対面のときの彼女を思い返した。冷たくあざけるような目に無礼な笑みを浮かべ、口を開けば皮肉ばかりだった。それが今は見違えるように美しく素直な表情で、今にも壊れそうだ。そんな彼女を傷つけ、失望させるのが怖い。

ぼくの人生はずっとそんな不安につきまとわれて

きた。正確には二十五年前、鍵のかかった母の部屋のドアを必死にたたき、開けてくれと懇願したあの日からずっと。母を救おうとして、救えなかった。

〝おまえのせいだ、ルーク〟

まばたきをし、そんな記憶を振り払う。ずっと忘れようと努め、今ではほとんど思い出すこともなかった。だがオーレリーの壊れそうな姿を見ているとあのときの記憶がよみがえり、自分の責任を――そして弱さを、いやというほど自覚させられる。

「べつにバージンってわけじゃないし」オーレリーがけんめいに軽い調子で言うが、声が震えている。

ルークがぶっきらぼうに答えた。「ある意味そうじゃないか、セックスを楽しんだことが一度もないというのなら――」

「なんだというの？　歓びを知らないバージン？」オーレリーが眉をつり上げた。以前の皮肉っぽい表情がかすかに戻っている。

「きみの過去の体験がどんなものか知らないが、ぼくとはそんなふうになってほしくないんだ」

オーレリーが頬を赤らめた。「わかっているわ。わたしだって、違うものであってほしい」

「どんなふうに？」

彼女が息をのんで言った。「あなたの過去の体験がどんなだったか聞かせてよ」

今度はルークが息をのみ、目をそらした。こんな会話には慣れていない。正直であることと感情をむき出しにすることはまったく別問題だ。「それは、その……愛情表現というか……」臆病者め。

見つめ合う二人の張りつめた沈黙の中に口にできない言葉が、これまで知らなかった繊細な感情が行き交う。「これまでつき合った女性たちを愛していた？」オーレリーが低い声でたずねた。

「愛していると思っていた。だが正直に言うと、よくわからない」ルークは髪をかき上げた。「こんな気持ちとは違っていた」

こんな気持ち——二人の間に生まれつつある気持ちがどれほど強いものなのか、まだわからない。

「わたしがほしいのはそれよ」オーレリーがささやくように言った。「あなたと知り合ってまだ短いし、いきなり——無鉄砲に飛びつくつもりはないわ」

ルークは苦笑いした。「そうなのか？」

「感情的には、という意味よ。肉体的にはあるかもしれないけど」

ルークはゆっくりとかぶりを振った。「肉体は感情を伴うものだ。ぼくがきみとしたいのはそういうセックスだ」

その目に不安をにじませながらも、オーレリーは目をそらさなかった。「わたしも同じよ、ルーク」

その言葉を信じたいと思いながら、ルークはまだためらっていた。彼女と過ごした時間は——濃密ですばらしいものではあったが、まだほんの数日だ。

「お願い」低くかすれたささやきに、己の抑制が崩れ始める。いや、そんなもの最初からなかったのだろう。ぼくもこれを求めていたのだ。

「これから二人の間で起きることは、すべてぼくのペースで進める」ルークは毅然と言った。

一瞬固まったオーレリーが小さくほほえんだ。

「了解、ボス」

「そのとおりに進んでいないと思ったら、ぼくが止める。それでいいね？」

「いいわ」

とにかく、焦ったり彼女の弱みにつけ込んだりするつもりはないと、それだけは言っておきたい。彼女にぼくを信じてもらい、自分でも自分を信じたい。

ルークはごくりとつばをのんだ。オーレリーが期待に満ちた瞳で見つめてくる。言葉が見つからない。

オーレリーが唇に小さな笑みを浮かべた。瞳がいたずらっぽく光る。「で、これからどうするの？」

「わからない」

オーレリーがはじかれたように笑い出し、ルークもつられて笑った。二人とも肩の力が抜けた。何も心配することはない。きっとうまくいく。

ルークが差し伸べた手を、オーレリーはすぐに取った。すでに彼を信頼しているようだ。「おいで」

スイートルームの奥の寝室は二面が窓になってい て、漆黒のマリーナベイを望む絶景だが、オーレリーは巨大なベッドに目を奪われていた。やがてルークに向き直り、もの問いたげに見つめてくる。

「まずはリラックスしよう」ルークは靴を脱ぎ、ネクタイを外してベッドに寝ころんだ。オーレリーもベッドの端に腰かけてブーツを脱ぐと、おずおずと彼の隣に横たわり、枕に頭を乗せた。ルークは小さく笑った。「検査台にのっているみたいだな」

「ちょっとだけそんな気分よ」

「あわてることはないからな」

「むしろそうしてほしいかも」

「そんなふうにしても楽しめないだろう?」

オーレリーの柔らかい笑い声が部屋に響いた。

「確かにそうね」

弓型の眉を、曲線を描く頰をそっとなでるとオーレリーが目を閉じ、ルークはその美しい顔の輪郭を、まっすぐな鼻筋やふっくらした唇を、心ゆくまで指でなぞった。しばらくして彼はたずねた。「バーモントの家の中で一番好きな部屋は?」

「えっ?」オーレリーが目を開け、驚いた顔で彼を見つめた。ルークはほほえみ、再びまぶたを指でそっと閉じさせた。

「一番好きな部屋だよ」そう繰り返し、かすかに触れる程度のタッチで顔をなぞり続ける。オーレリーの体の力がほんの少し抜けてきた。

「キッチンね。あそこにいると祖母を思い出すの」

「お菓子をよく焼いてくれたのかい?」

「ええ――」

「あの夏はきみも手伝った?」

　オーレリーがまた目を開けた。心底驚いた顔だ。

「どうして――」ルークが再び優しく目を閉じさせると、彼女はまた体の力を抜いて枕に頭をのせ、しばらくして言った。「祖母のお手伝いをするのは好きだったわ。祖母が喜んでくれたからだと思う」

「お祖母さんが恋しいだろうな」ルークが静かに言うと、オーレリーが小さくうなずいた。

「あなたもお母さまが恋しいでしょう」ささやくような彼女の言葉に、ルークの指が一瞬止まった。まさかそんなことを言われるとは思わなかった。オーレリーが目を開け、彼に小さくほほえんだ。「あなたが言ったのよ、お互い正直になろうって」

「ああ」でも今は母のことは話したくない。

「お母さまが恋しい?」

「そうだな」ごくりとつばをのむとのどがつかえた。

「恋しいよ、毎日」開いた唇をなぞった指をゆっくりとあごに置く。「初めて会ったあの日、きみの本心はここでわかった。動揺すると、ここが震える」

　オーレリーが小さく笑った。「そんなこと、これまで誰にも言われたことないわ」

「誰も気づかなかったのさ」あごの先にキスするとオーレリーがはっと息をつめた。まだだ、待て。ルークは顔を上げてほほえんだ。「気に入ったよ」

「よかった」

　もう一度指先であごに触れると、ルークはその指をゆっくりと首筋へ這わせ、のどもとの小さなくぼみを愛撫した。オーレリーが小さく息を吸い、ベッドの上で身じろいだ。ルーク自身の欲望もたまらなくうずく。だが、たとえつらくても、ゆっくり焦らずにいこうと言ったのは本気だ。「きみの肌は本当に柔らかい。それも初めて会った日に感じたよ」

「嘘よ」

「本当だ。あの日、きみが目を開けた瞬間からひかれていた。なぜぼくが怒っていると思った？」

ルークにのどもとを愛撫されながら、オーレリーが震えるように小さく笑った。「意識を失ってステージの時間に遅れたから」

「それはただの口実だよ」ルークは指先をそろそろと胸の谷間へと這わせ、胸のふくらみに軽く触れたところで止めて待った。

オーレリーがかすかに頬を上気させて目を閉じた。彼女の呼吸が少し震えているのがわかり、ルークの胸に満足感がこみ上げた。彼女は求めている。再び指をのどもとへ戻すと、オーレリーが目を開けた。

「この調子じゃ一生かかりそう」

「一生は困るな。ぼくが耐えられない」ルークは小さく笑うと、今度は胸のふくらみの脇を指で軽くなぞった。オーレリーが身を震わせた。「だが、じゅうぶんに時間はかける」今度は唇をのどもとに押し当て、柔らかく豊かな胸を手のひらで包み込む。オーレリーは一瞬体を硬くしたが、やがて小さく息を吐き、力を抜いて彼の愛撫に身をゆだねた。

彼女を守りたい――そんな思いが強烈にわき上がる。大事にしてやらなければ。だが、こうしてゆっくり進めるのは本当につらい。胸の頂を親指でなぞると、オーレリーがはっと息をのみ、また吐いた。ルークはほほえんでその手を下へ、引き締まった腹部へと進めていく。

オーレリーが目を開けて彼を見上げた。「本当に時間をかけてくれているのね」

「それだけの価値があるから」

「わからないわよ、そんなの」

「いや、わかる」ルークの手は彼女のむき出しの膝まで伸びて止まった。オーレリーが期待に、あるいは警戒に目を見開く。彼の手は膝の裏から細い足首へ、そして今度は上へ上がり、なめらかな太もものの内側までなぞってから、また膝に戻ってくる。

オーレリーが小さく笑った。「じれったいわ」

「そうかい?」ルークはもう片方の手で彼女の頬に、ふっくらした唇に、あごに、のどもとに触れた。オーレリーは瞳に欲望をにじませ、両手で彼の髪をつかんで引き寄せた。

「キスして」かすれた声に応え、ルークは一度、二度軽く唇を合わせてから、思いきりむさぼった。オーレリーもそれに応える。

膝に置いていた手を上へ這わせると、彼女が脚を開き、両手で彼のシャツのボタンを外し始めた。

「服が邪魔よ」オーレリーが唇を合わせたままつぶやき、ルークは素早くシャツを脱ぎ捨てた。

「きみのドレスも脱ぐ?」

オーレリーが息をのんでうなずき、ルークは彼女の肩から細いストラップを外した。背中のファスナーもいっきに下ろすと、オーレリーが身をくねらせてドレスを脱ぎ、足もとから蹴とばした。

下着姿の彼女は前にも見たことがあるが、やはり見とれてしまう。「いいか?」彼女の大きな瞳を見つめて静かにたずねると、オーレリーがうなずいた。

だがルークはまだ待っていた。オーレリーが彼のパンツを目で示した。「それも脱がないと」

「きみが脱がせてくれ」

オーレリーが驚いたようにほほえんでうなずいた。彼女の指がたかぶりに触れ、ルークはうめき声をこらえた。ベルトとファスナーに少し手間取り、それがなおさら甘い拷問になる。やがて彼女の手がパンツを腰から下ろすと、ルークは残りを自分で脱ぎ捨てた。ルークは片手を彼女の肩からヒップへとすべらせ、なめらかな肌の感触を味わった。オーレリーが身を震わせ、彼は再び胸のふくらみを包み込んだ。彼女がその手に体を押しつけてきた。

ルークが再び唇をむさぼると、オーレリーは両腕を彼の体に巻きつけ、片脚をからめてきた。ルークは彼女の腹部から太ももの付け根へと片手をすべらせ、ショーツの中へ指を伸ばした。身を硬くしたオーレリーが努めて力を抜き、腰を押しつけてくる。ルークはくすぐるように指で探り始めた。

彼女も彼のたかぶりに触れ、ルークは抑制が少しゆるむのを感じた。二人の舌がからみ合い、オーレリーの息がはずむ——いや、これはぼくの息か。もう準備は万端だ。

彼女ののどもとに唇を押し当て、とどろく心臓に静まれと命じる。「いいか?」そのままささやくと、オーレリーがうなずいた。ルークは彼女のショーツを脱がせ、自分のボクサーパンツも脱ぎ捨てた。二人は肌をぴったり合わせ、ルークはオーレリーの脚の間で痛いほどにたかぶり——

見下ろすと、オーレリーがまた固まっていた。身をこわばらせ、目をぎゅっとつぶっている。

くそっ。

ルークはありったけの抑制を総動員し、震える息を深く吸って、彼女の上からどいて仰向けになった。そのまま天井をにらんでいると、小さくしゃくり上げるような泣き声が聞こえてきた。胸が締めつけられる。いったいどうしたんだ?　なぜまたこんなことに?

「ごめんなさい」やがてオーレリーがささやいた。

「謝らなくていい」ルークは天井を見上げながら、焼けつくような恥ずかしさと罪悪感に襲われていた。それでいて、まだ痛いほどにたかぶったままだ。「シャワーを浴びてくる」そうつぶやいてベッドから下り、ルークはバスルームに向かった。

オーレリーはベッドに横たわったまま、ルークがシャワーを浴びる音を聞いていた。泣いちゃだめだと目をしばたたく。なぜこうなってしまうの?

自分でもわからない。ついさっきまでルークの優しい愛撫に夢中になり、もっと強く触れてほしいと求めていたのに――彼の体の重みを感じ、耳に息がかかった瞬間、ピートとの初めての夜の記憶がどっとよみがえってきた。

〝いいだろう……〟

だめよ、と再び目をしばたたく。今、このベッドにあんな記憶を持ち込みたくない。

オーレリーは大きく息を吸い、脱ぎ捨てた衣類を探した。ルークがバスルームから出てくる前にと急いで服を着る。彼は怒っているだろうか。いろいろな意味でいら立っているだろう。そして彼のことだ、理由を聞かせろと言うだろう。でも言いたくない。言えば恥をさらすことになる。

オーレリーはため息をつき、ベッドに座ってルークを待った。

数分後、タオルを腰に巻いたルークがバスルームから出てきた。日焼けした広い胸板が濡れて光るさまに思わず息をのむ。ほんの数分前まであの胸板に触れ、硬くたくましい体をじかに感じていたのに。思い出すだけで下腹部が欲望にうずく。

ルークがTシャツに手を伸ばすと腰のタオルが落ちた。オーレリーはどきりとしてまた息をのんだが、彼は気にせずボクサーパンツをはいてベッドの端に腰を下ろした。オーレリーは緊張して待った。

ルークが暗い目で物憂げにほほえんだ。濡れて乱れたその髪に触れたいという思いをこらえ、オーレリーは膝の上で手を組んだ。

「話をしないとな」その言葉に彼女がうなずくと、ルークがため息をついた。「すまない、あんなことになってしまって」

「謝らないで。あなたのせいじゃないわ」そう答える声がのどに詰まる。

「きみのせいでもない」オーレリーが答えずにいる

と、ルークが彼女の組んだ両手に手を重ね、親指でそっとなでた。「話してくれ、何があったのか」

「何もないわ」オーレリーはかぶりを振った。犠牲者のように扱われるのはごめんだ。憐れみなどいらない。すべてわたしが自分で決めてきたことだ。

ルークが穏やかにたずねた。「何もないならなぜ、いざというときになって固まった？　そこまではうまくいっていただろう？」

オーレリーは泣き笑いのように声を詰まらせた。「わからない。ただ――」唇を湿らせ、無理やり続ける。「あなたの言うとおり、ただ固まっただけ。今まででそれに気づいたのはあなただけよ」

「だとしたら、これまでの相手はあまり思いやり深くなかったようだな」ルークがため息をつき、彼女の手をぎゅっと握った。「わかっている、何があったのか打ち明けてもらえるほどの信頼をぼくがまだ得ていないことは。だがきみは、何らかの理由でセックスを恐れるようになった。それがなんなのかわからない限り、ぼくにはきみを救うことはできない。そして――」彼は苦い口調で続けた。「きみを抱くこともできない、残念だが」

オーレリーが目を上げて彼を見た。「もう一度やってみたら――」

「だめだ」ルークのきっぱりした返事にオーレリーはたじろいだ。彼は静かな声で続けた。「きみにはわからないだろう、拷問でも受けているみたいに硬直したきみの姿を見てぼくがどんな気分になるか」

オーレリーははっとした。熱い涙がこみ上げてくる。そんなことは考えもしなかった。彼をがっかりさせてしまったと、自分のことばかり考えていた。

「ごめんなさい」

「謝罪などいらない。正直に話してほしいだけだ。きみが話せるようになるまで待つよ」

オーレリーは鼻をすすった。「じゃあ、これからどうするの?」

「とりあえず寝ようか」

ぬかるみのような絶望の中にごく小さな希望が芽生える。「ここで、いっしょに?」

「そうだよ」ルークは答えると、オーレリーをそっと優しく胸の中に抱き寄せた。たくましい胸板に頬をつけ、鼓動の音に安心して彼女は目を閉じた。

「ぼくは我慢強い男だからね、オーレリー」

涙がこぼれそうになりながらも、オーレリーは胸に頬をつけたままほほえんだ。「よかった」

だが、ベッドカバーの下で彼に身を寄せ、その腕でしっかり抱かれながらも、わたしのほうは我慢できるのだろうかとオーレリーは思った。この数日で大きく変わり、成長もしたけれど、もっといろんな意味で——とくに性的な意味で生まれ変わりたい。でもどう変わればいいのか、そもそも変わることができるのか、それがわからない。

10

朝の日差しがベッドに差し込み、ベッドカバーに温もりを届けてくれている。オーレリーは片肘をついて身を起こし、愛する人の眠る姿を見つめた。

そう、わたしはこの人を愛している。そんな明白な事実を直視できないまま数日を過ごしてきた。認めることが怖く、不安だった。知り合ってまだ間もない人を、どうして愛したりなどできる? 心を許してしまったら——心だけじゃなく、自分の魂そのものまで明け渡してしまったらどんなことになるか、よく知っているわたしにそんなことができる?

ルークはほかの男たちとは違う。心の奥底ではわかっている。それでもやはり、恐怖が全身を駆け巡る。ピートに去られて自分がぼろぼろに、空っぽのがらんどうになり、疑念にとらわれるようになってしまった記憶がよみがえる。

信じられないのはルークではない、自分自身だ。おまえは何一つ変わっていない、という意地悪い声が今も頭に響く。身も心も捧げたところで、彼はそれを思いのまま利用し、あとには何も残らないと。

でもそんな恐怖の中にも、ほんのわずかな希望の息吹を感じた。ルークの存在に、一晩中抱いていてくれた腕の温かさに、その息吹がさらに力強くなった。

もう一度、試してみたい。ルークと、そして自分自身と。

ルークが目を開けた。

「おはよう」低くかすれた声の温もりが全身に広がるのを感じ、オーレリーはほほえんだ。

「おはよう」

再び彼の腕に包まれ、その肩に頭を預けて温かい森のような匂いを吸い込む。ルークが彼女の髪を指ですいた。「よく眠れたかい?」

「ええ、思い出せないほど久しぶりに」

彼が満足げに彼女を抱き寄せた。「よかった」

オーレリーは一つ、また一つ息を吸った。なかなか言い出しづらく、過呼吸になりそうだ。ゆっくりとため息のように息を吐くと、髪をなでていたルークの手が止まった。彼女の言葉を待っているようだ。

「話したいことがあるの」オーレリーが口火を切ると、ルークはまた髪をなで始めた。

「いいよ」

「やっと……話せる気がする」ルークは何も言わずに髪をなで続け、彼女は目を閉じて続けた。「あなたが想像しているような悲劇とかではないけど……わたしがあんなふうになるには理由があるの」

「大丈夫だ、ぼくは批判したりしないから」

これから話す事実を締め出すかのように、オーレリーは思わず目を閉じた。「したくなるかも」

「しない」

「わたしは優等生じゃなかったと言ったでしょう。タブロイド紙の記事はほとんど事実よ」オーレリーは開き直って続けた。ルークがショックを受けようが、軽蔑しようがかまわない。

「知っているよ」ルークが穏やかに答えた。どんなに揺さぶろうとしても、彼はいつでも穏やかだ。

「最初から話すわ。カンザスのカラオケ大会でスカウトされたって話は覚えている？」

「ああ」

「スカウトしたのはピートという男だった」

「ピート・マイヤーズだな」ルークが言った。やはり聞いたことがあるのね。ピートはメジャーなバンドをいくつも担当し、テレビのタレント発掘番組で審査員をしていたこともある。誰もが知る有名人だ。

「そう。あの日のピートはすごかったわ。わたしのところへやってきて、ぼくがスターにしてやると言ったの。わたしと母を夕食に連れていき、デビューの計画をとうとうと語った」

「スターとしてのきみの陰には彼がいたというわけか」淡々と言うルークの言葉の裏に非難の響きを感じ取り、オーレリーは身を硬くした。

「わたしは素直に従った。〝無垢な歌姫（イノセント・セイレーン）〟というキャッチフレーズも彼のアイディアよ」

「きみはまだ十五歳だったんだろう」

「もうすぐ十六歳だった。当時のわたしには彼の言葉がすごくかっこよく聞こえたの」こんなふうに釈明し、正当化しなければならないのがつらく、オーレリーはため息をついた。ルークの腕にいっそう力がこもる。

「すまない。続けて」

「最初の数カ月は目が回るほどだった。ピートはわたしをロサンゼルス、ニューヨーク、ナッシュビルなど、あちこちに連れ回し、エージェントや作曲家、広報担当者などに引き合わせた。何がなんだかわからないうちに、曲を録音してシングル盤をリリースしていた。曲は大ヒットし、わたしは自分が台風の目の中にいるような気がした」

「お母さんは？」

「わたしがスカウトされて二カ月ほどしたころ、姿を消したわ。自分が誰にも必要とされていない、むしろ邪魔になっていると気づいたんだと思う。母がいなくなると、ピートはいっしょに暮らそうと言い出した。わたしはまだ未成年だったから、彼は法廷後見人になるための手続きを祖母と交わして――」

オーレリーはそこで言葉を切った。生きている祖母に会ったのはあの日が最後だった。祖母はわたしにギターをくれ、お願いだから今のままでいてねと言った。でもわたしはその約束を守れなかった。

努めててきぱき話そうと、オーレリーは続けた。

「ピートはとてもよくしてくれたわ。彼の家のまるまる一フロアをわたしに提供し、まるで――」言葉がつまる。「娘みたいに接してくれた。少なくともわたしには、それまで縁のなかった父親のように思えたの。批判は真に受けるな、周囲が騒ぎ立てても正気でいろと、いろいろアドバイスもくれた。わたしの誕生日まで覚えていて、十七歳の誕生日にはケーキを用意してくれた」

「マネージャーの鑑だな」ルークの口調にオーレリーは顔をしかめて見返した。

「批判はしないって約束よ」

「批判じゃないさ。この話がどこへ行きつくのかなと思っているだけだ」

「これから話すわ」彼女は一つ息を吸い、ゆっくり吐いた。「ピートと同居して一年ちょっと、いろいろつらいこともあったけど、彼はずっとそばにいてくれた。祖母が亡くなったり、わたしの糖尿病がわかったり。バスルームで倒れているのを見つけたピートが救急処置室に運んでくれて、わたしに必要な治療を受けさせ、病名がわかってからもきちんと対応してくれた」ルークが緊張し、体が硬くなっているのがわかる。「こんな話をするのは……ピートとの関係がどれだけ密接だったかを伝えたくて」

「わかってる」彼の声は平静だったが、まだ何も話していないにもかかわらず、その奥に暗いものがあるのをオーレリーは感じ取った。

「十八歳の誕生日に話を進めるわね。ピートはすてきなレストランへディナーに連れていってくれて、きみの成功が本当にうれしい、きみを大切に思っていると言ってくれた」オーレリーはそこで一息おいた。言葉を選んで話さなければ。「今思い返しても、人生で最も幸せな夜の一つだったわ」それががらりと変わってしまうまでは。


オーレリーは口をつぐみ、二人の呼吸音だけが寝室に響く。やがてルークがたずねた。「で？　それから何があった？」

「二人で家に帰り、わたしが寝ようとパジャマに着替えていると……ピートが寝室に来たの」寝室の戸口に立ってこちらを見つめるピートを目にしたときのショックと混乱は今も覚えている。

「それから？」ルークに静かな声で促され、オーレリーは自分が黙っていたことに気づいた。当時のことを思い出すのもいやでたまらなかった。

「わたしを愛していると言ったわ。ずっと愛していたと。そして……キスしてきたの」

「父親として、ではなく」ルークが静かに言った。

「ええ、父親としてではなく」あのときのショックは忘れられない。執拗(しつよう)に押しつけられる濡(ぬ)れた唇、ためらいがちに、だが切羽詰まったように全身をまさぐる両手。ピートは涙声混じりに〝いいだろう、いいだろう〞とささやき続け、オーレリーはその懇願に屈した。

「きみはどうしたんだ?」彼女を抱きしめ、髪をなでながらルークがたずね、オーレリーはまばたきしてその記憶を追い払った。

「許したわ」

「許した、とは?」

「〝いいだろう〞と言い続ける彼に、わたしはそのまま身をまかせた。彼を……失いたくなかったから。当時のわたしにとってピートは誰よりも大切な人で、唯一頼れる人だったから。今考えれば間違っていたとわかる。彼はもともと父親になどなる気はなかった。それを求めたのはわたしのほうだった」

髪をなでていたルークの手が止まった。「それで、彼と……キスしたのか?」

「セックスしたわ」オーレリーは淡々と答えた。

「その夜。信じてもらえるかわからないけど、わたしは初めてだった。無垢(むく)な歌姫という、あのキャッチフレーズも事実だったというわけ」

ルークが黙ったままごくりとつばをのんだ。

「楽しくはなかった」オーレリーは続けた。感情が死んでしまったような妙な気分だった。「すごくいやだった。正直言って……気持ち悪かった。でも彼の望みだし、自分もしたいはずだと言い聞かせた」

「そのあとはどうなった?」

オーレリーは肩をすくめた。「つき合い始めたというか、恋人になったというか。もう彼の家で同居していたから——」

「つまり、ピート・マイヤーズと真剣につき合っていたというのか? 三年間続いたと言っていたのは彼のことか?」ルークの声がかすかに震える。

「そうよ」

「ちょっと待ってくれ」ルークが枕に身を投げ出した。ちらりと見ると、その顔にはいきなりパンチを食らったような表情が浮かんでいた。「きみがマイヤーズのことを話し始めたとき、てっきり彼が……きみを無理やり自分のものにしたのだろうと思った。だがきみは虐待でもレイプでもないと——」

オーレリーは驚いてルークを見た。「そうよ。彼が〝いいだろう〟と言い、わたしは許したの」

ルークがぼうぜんと彼女を見返す。「そんなもの、きれいに言い換えただけのことだ」

オーレリーはかぶりを振った。「無理やりじゃなかった。もし出ていってと言えば、彼は出ていったはずよ」

「本当にそう思うのか?」

「当然でしょう。ルーク、あなたはあの場にいなかった。あのときのピートを見ていない。あまりにも必死で……かわいそうになったの」

「そりゃ、いざとなれば必死な顔だってしてみせるさ。だが彼は音楽業界でも指折りの大金持ちで有力者だ。そんな自分の立場を利用してきみを食い物にしたとは思わないか?」

「そうかもね。でも、それを許したのはわたしよ」

「三年間も」

「わたしたち、恋人同士だったの」きみは利用され、餌食にされたんだと言いたげなルークの言い方が気に入らない。

「秘密の関係だろう。そんな記事は見たことがない」

「ピートはタブロイド紙にあれこれ書き立てられるのをいやがった。そうやってわたしを守ったの」

「ずいぶん思いやり深いことだ」

オーレリーは怒りにまかせて言った。「わたしが彼に利用されていたとか言うのはやめて。わたしは犠牲者なんかじゃないわ」

ルークは彼女を見つめ、やがて静かに言った。

「わかった。話の続きを聞かせてくれ。彼との関係はどんなふうに終わったんだ？」

「別れると言い出したのは彼のほうよ。もう無理だ、きみは執着が強すぎると。確かにそうだったと今ならわかる。人気が出るにつれてだんだんつらくなり、本当の自分を知っているのはピート一人だという気がして。母は相変わらず消息不明だし、祖母も亡くなり、引っ越しが多かったから友達もいなかった」

「きみには彼しかいなかったというわけだ」

「そう思っていた。でも彼はそのうちわたしに興味を失い、人気も落ちてきていた。マスコミもそれに気づき、あげくピートに別れを告げられて――」オーレリーは一つ息を吸って言った。「わたしは自暴自棄になってしまったの」

「優等生じゃなかったからな」ルークの声が悲しげな笑みを含んだ。

「そう。ゴシップ記事に書かれたとおり、お酒もドラッグもやったし、乱痴気騒ぎをしていろんな男とも寝た。結果、仕事を失った」オーレリーはごくりと息をのみ、鼻をすすった。「以上よ」

ルークは何も言わなかった。その沈黙にオーレリーは非難を感じ取った。確かに、これまでは誇れないようなことをたくさんしてきた。まず最初は、あの夜ピートに屈して体を許したことだ。ずっと愛情に飢えてきたから、差し出されたものを受け入れてしまった。そしてピートに捨てられると空っぽに、自暴自棄になってしまった。

またあんなことになるのが怖くてたまらない。

やがてルークが口を開いた。「一番話したくなかったのはどの部分だい？」

その問いに驚き、オーレリーは震えるような笑い声をあげた。「全部よ」

「中でもどこが？　乱痴気騒ぎをし、いろんな男と寝て、自分を失ったというところか？」

彼の鋭い問いかけにオーレリーはたじろいだ。

「まあ、そうね」ルークのおかげでやっと自分を取り戻せた。でも、彼と関係を持てないという理由で再び自分を失ってしまったら、ルークもピートや世界中のファンと同じようにわたしにうんざりしてしまったら、と恐れているのを認めることが怖い。

「セックスのことは？　なぜ楽しめないと思うんだ？」ルークが静かにたずねた。

「ピートとの関係のせいだと思う。彼に魅力を感じたことは一度もなかったし、長い間彼といるうちに自分の中の何かが死んでいくような気がして」

「ぼくといるときも体が硬直するのはなぜだ？」

「わからない」厳しい質問を次々にされて、心が丸裸にされるようだ。「初体験を思い出すからじゃない？　だってひどかったから」涙がこみ上げ、ルークから顔をそむける。「息もできなかった。彼の体が重くて……痛くて」最後の言葉を絞り出す。まばたきしたら涙がこぼれそうだ。一粒こぼれたらあとはとめどなく流れ、止まりそうにない。

「ほかの男のときはどうだった？」ルークがまた静かにたずねた。

オーレリーは顔をそむけたまま涙声で答えた。

「みんなだいたい同じよ。どの男も求めるものは一つで、わたしは戦利品みたいなもの。わかっていて利用したの。だって――」オーレリーがそこで言葉を切ると、ルークが悲しげな声であとを続けた。

「利用されるよりはましだから、か」

オーレリーは何も言えなかった。やっぱり話さなければよかった。醜悪な記憶の詰まったパンドラの箱など開けなければよかった。「批判しないで」オーレリーが懇願すると、ルークがかぶりを振った。

「批判などしていない。そんなつもりはない」

疲れきった彼の口調に、オーレリーはただでさえ沈んだ気持ちがさらに落ち込むのを感じた。うんざりしているんだわ。あんな話を聞かされたら当然よね。こうなることはわかっていた。オーレリーは彼の腕から抜け出してベッドを下り、服を拾い集めた。

「自分の部屋へ戻るわ」

「どうして？」

「今日は香港へ移動するんでしょう？　シャワーを浴びて着替えなきゃ」オーレリーはルークを見ないまま服を着てブーツをはいた。髪はぐちゃぐちゃだが、どうせ廊下を歩いて自室へ戻るだけだ。

「まだ話は終わっていない」

「わたしの話は終わったわ」

「きみは怖いんだろう」

ええ、そうよ。オーレリーは顔を上げて彼を見つめ、腰に手を当てた。「怖い？　何が？」

「いろんなことだよ」

ルークは落ち着いた様子で、オーレリーは標本箱にピンで留められた蝶になった気分だった。わが身を守ることも隠すこともできず、容赦ない検分の目にさらされている。「怖くなんかないわ。もう話したくないだけ。今日は朝から予定が詰まっているから、早く準備したいの。かまわない？」オーレリーはあざけるような口調で言った。かつてよく使っていた、ルークと出会って二度目のチャンスを試み始めてからは使っていなかった話し方だ。

もうこれで終わりね。

「かまわないよ」ルークが静かに答えると、オーレリーはくるりと背を向け、彼の寝室から出ていった。

ルークはベッドで仰向けになって天井を眺め、オーレリーの話の意味を考え続けていた。ピート・マイヤーズ。オーレリーと初めて関係を持った当時、五十は越えていたのではないか。彼女の愛情を踏みにじり、彼女の肉体と信頼を食い物にした。だがオーレリーはそうは思っていない。

〝恋人〟だったのだと。冗談じゃない。

ルークはため息とともに両手で髪をかき上げ、こぶしを目に押し当てた。これからどうすればいい。昨夜は努めて優しくオーレリーを抱くつもりが、自分のペースで進めてしまった。そもそも最初にそう宣言したのだ――これから二人の間で起きることは、すべてぼくのペースで進める、と。

彼女のためになると思ってしたことが、かえって裏目に出てしまった。結局は自分もほかの男と同じように、彼女を支配しようとしただけだ。

オーレリーはむしろ主導権を握りたいのだ。だからこそ、ピートに無理強いされたのではない、合意の上での真剣な恋愛だったと思い込もうとしている。

それなのに昨夜は、彼女からそんな力をすべて奪ってしまった。ルークは声に出して毒づき、再び天井を見上げた。今度こそ、三度目のチャンスに賭けてみよう。彼女の信頼を取り戻そう。

シャワーを浴びて服を着替え、朝食をとってメールの返信を終えたときには、もう出発時刻だった。オーレリーの部屋のドアをノックしたが返事はなく、ルークはいやな予感に襲われた。ぼくを避けているのか？　だとしても、そう長くは続かないぞ。

ぐっと唇を結んでロビーに下りると、オーレリーが待っていた。落ち着かなげに腕組みし、ルークが近づいても目を合わせようとしない。今はまだ感情的な話をするタイミングではない。少し心を落ち着かせる時間が必要だ。

「準備は万端？」軽く声をかけると、彼女はルークの肩に視線を据えて硬い表情でうなずいた。

空港へ向かうリムジンの中でも、香港行きの飛行機に乗ってからも、二人は何も話さなかった。ルークは仕事でもしようと書類を取り出したが、これ以上黙っているのは無理だと思い直した。

「オーレリー」呼びかけると彼女は向き直ったが、やはり目を合わせようとはしない。「よくそうやって無視していられるな、ぼくが目の前にいるのに」

オーレリーが顔を伏せた。「何を話したらいいかわからなくて」

「今何を考えているか話せばいい」

オーレリーが唇を噛み、ルークは黙って待った。

「あんなに洗いざらい話さなければよかった」

「どうして?」

「だって……」顔を上げたオーレリーの瞳が揺れている。「あなたに今までと違った目で見られることが耐えられない。憐れんでほしくなんかないの」

「憐れんでなどいない、もっと理解しようと——」

「わたしは心理学の実験動物じゃないわ」

「そんなこと言ってない」ルークはいらいらしてきた。どうしていつもこう失言ばかりしてしまうのか。「いつまでも意地を張るのはやめてくれ。ぼくはただ問題を解決しようとしているだけだ」

オーレリーが肩をすぼめてうつむいた。「解決なんかできないでしょう」

「きみはそれでいいのか?」このまま彼女を失うなんて、考えるのも耐えられない。

「いいえ」消え入りそうな声でオーレリーは答え、座席の背に頭を預けて目を閉じた。「わかっているの、自分でもめちゃくちゃだって。でも、どうやって心のガードを下げたらいいかわからなくて——」

「ガードならもう下げているじゃないか。それを今になってまた戻そうとしている」

オーレリーがふっと笑い声をもらし、苦しげな瞳で彼を見た。「でも戻せていないわよね?」

「ああ。きみにはそんなことをしてほしくない」

「わたしもよ」オーレリーが目をそらし、唇を噛んだ。彼女に触れたい、慰めてやりたいという思いをこらえ、ルークは動かずにいた。オーレリーが目をそらしたまま低い声で言った。「怖くてたまらないの、また自分を失うことが。自分をコントロールできず、生まれ変われないことが」

「どんな関係でもコントロールできない要素はある。だが、それで自分自身を失うことはない。関係を築くことで自分をよりよく、強くできる。自分らしく、豊かになれるんだ」ルークはそう言うと苦笑いした。

「と、トークショーや女性雑誌では言っている」

オーレリーが驚いた顔をした。「あなたがトークショーを見たり女性雑誌を読んだりするの？」

「ああ、しょっちゅうするよ」

オーレリーが笑い出し、ルークもほほえんだ。嘘のように場の空気がなごんだ。「ごめんなさい」オーレリーがつぶやくと、ルークはかぶりを振った。

「謝ることはないさ。ぼくたちはまだ互いに信頼を学び始めたばかりなんだから」

「わたしはもうあなたを信頼しているわ、ルーク」

とてもそうは思えない。すでに何度も彼女を落胆させている気がする。


〝おまえはいつも大切な人を落胆させている〟――そんな心の声が響き、過去の記憶がまたよみがえる。鍵のかかったドア、母の、そして自分自身の沈黙。ぼくの人生にはあのときの記憶が今も長い影を落としている。オーレリーの人生が一人の男の身勝手な行動に左右されてきたように、ぼく自身の人生も破壊されてきたのだろうか。

彼女となら、築き直すことができるのだろうか。

「あと一時間で到着だ」そう言って笑みを浮かべてみせたルークは、ほほえみ返してきたオーレリーを見て心が軽く浮き立つのを感じた。

香港に来るのは初めてだ。写真で見たことはあったものの、ヴィクトリア港のすぐそばにひしめき合う高層ビル群の絶景を目の前にしてオーレリーは息をのんだ。

機内でしたルークとの会話にまだ心がざわめいて

いる。正直に話すのは難しい。同情するような悲しげな目で見られているのに気づいた瞬間、胸の奥が凍りついた。心のどこかでは彼に理解してほしいと願いつつ、また一方では自分を守ろうとする。自らの暗部をさらけ出してまで、本当に理解してほしいと思っているのだろうか。

最悪な部分はもうだいたい話した。孤独と不安からピートと不健全な関係に陥ったことも、それが終わったあと自分が荒れてしまったことも話し、それでもルークは理解して、こうしてそばにいてくれる。とても小さいが、希望と真実の声だ。

もうあなたを信頼しているとは言ったものの、それを態度で示せているとはいえない。これからは自分で心を決め、態度で示すことができるだろうか。

「用意はいいかい？」ルークの言葉にうなずき、オーレリーは飛行機から外へ踏み出した。

その日はさまざまなＶＩＰたちと引き合わされ、市内を案内されて目まぐるしく過ぎていった。相手の話を聞いて答えたり笑ったりしながらも、いつもどこか上の空で別のことを考えていた。

スピーチや乾杯が何度も繰り返され、長時間の晩餐会がようやく終わると、一行はヨットに乗り込んで湾内のクルーズに出発した。客たちの間を回って応対するルークはニューヨークやマニラよりもリラックスし、幸せそうな様子だ。

自分から殻を破らなければ何も変わらない。オーレリーがデッキを横切ってルークに歩み寄ると、彼は会話を中断して彼女にほほえみかけてから、地元のアーティストや職人の作品をもっと積極的に取り入れていく計画について語り続けた。控えめながらも誇りをこめ、堂々と語る彼の姿に胸が高鳴る。

わたしはこの人を愛している。まだ不安はあるけれど、この気持ちは確かだ。

数分後、二人きりになると、ルークはオーレリーの腰に手を添えて船べりへ導いた。陸地では高層ビル群がまばゆく輝いていた。

「ごらん、シンフォニー・オブ・ライツだ。毎晩八時に点灯する」

「すばらしいわ」そう、すばらしい――こうして愛する男性の隣に立ち、夜空はまばゆく輝いている。

オーレリーはルークに向き直って心からの笑みを浮かべた。そんな思いが伝わったのか、ルークが彼女を抱き寄せて唇を軽く触れ合わせた。約束のキスだ。この約束を果たそうとオーレリーは思った。

リムジンでホテルに戻る間も二人の太ももは触れ合い、沈黙の中にも心地よさと期待がふくらむ。二人はエレベーターに乗り、スイート階まで上がった。オーレリーがルークの部屋の前で足を止めると、ルークがもの問いたげな表情で彼女を見た。

胸が高鳴り、のどがからからになる。オーレリーは顔を上げて言った。「あなたの部屋に行きたい」


ルークがカードキーを手にしたまま、真剣な目で彼女を見る。オーレリーはまっすぐ見返した。わたしが決めたことよ。

「焦ることはないよ、オーレリー」

「焦ってなどいないわ」

彼女の気持ちを理解してルークがうなずいた。「わかった。だが一つ条件がある」彼がドアを開け、オーレリーはさらに胸を高鳴らせてあとに続いた。

何も言わずにジャケットを脱ぎネクタイをゆるめるルークに彼女はたずねた。「条件って?」

向き直ったルークの瞳は光っていた。何もかもがセクシーで魅力的だ。ネクタイを外してルークが言った。「今度はきみのペースで進めること」

11

オーレリーはきょとんとした。「えっ……？　わたしのペースで？」

ルークがうなずいた。笑顔だが目は真剣だ。「そう、きみのペースで。前回はぼくが主導権を握っていただろう？　ぼくがペースを決め、うまくいかないと思ったらやめると最初に宣言した」

オーレリーは用心深くうなずいた。「そうね」

「それが間違いだったんだ。きみの話を聞き、きみという人間を知る限り、物事を自分でコントロールすることが重要なポイントだと思う」

オーレリーは思わず身構えたくなるのをこらえた。

「そんなの、誰だってそうじゃない？」

「そうだな」ルークが静かに答えた。「とくに、住む場所も通う学校も、そしてスターになりたいかさえ自分で決められなかった人間にとっては」

思わず涙がこみ上げるのを感じ、オーレリーはかぶりを振った。「やめて。言ったでしょう、憐(あわ)れまれるのはごめんだと――」

「まさにそれだよ。きみはすべて自分が決めたことだと言い張る。そう思わないと自分が犠牲者だと認めることになり、それに耐えられないからだ」

そのとおりよ。自分でははっきり口に出したことがなかった真実をルークに言い当てられた。彼はわたしを理解してくれている――つらいほどに。心震えつつ、オーレリーは笑みを浮かべた。「わたしのペースで、と言ったじゃないの」

「わかってる、自分で決めたルールを破っていると。だが、これだけは言わせてくれ」ルークが一歩近づき、彼女の手を取った。「きみとピート・マイヤーズの関係は恋愛じゃなかった」

彼に握られた手がこわばる。「わたしはそう思っていたけど」

「いや、違う。きみにはそれ以外の恋愛経験がないんだから、ぼくの言葉を信じてくれ」

また信頼の話？「じゃあ、あれはなんだったの？」

「虐待だ」

「違う」彼女は思わず手を引っ込め、ルークに背を向けて自分の体を抱きしめた。胸の奥が寒い。

「きみに初めてキスしたとき、彼は何歳だった？」

「歳の差なんか関係ある？　そんなカップル、いくらでも——」

「五十か？」

「四十九よ。でもそんなの関係ない」オーレリーはぴしゃりと言い返した。

「関係ない場合もある」ルークが静かに答えた。

「だがきみと彼の場合、きみはまだ若くて影響を受けやすく、完全に彼に依存していた。彼はきみが自分を父親のように思っていたことも、自分以外に頼れる相手がいないことも知っていたはずだ。そのうえで自分の立場を利用し——」

「そんなの、虐待とは言わないわ」

「言葉はどうだっていい。ぼくが言いたいのは、彼との間にあったことを基準にほかの相手との関係を判断してはだめだということだ。彼との関係は健全でも対等でもなかった。気づいていなかったかもしれないが、彼はきみが自分で決める力をすべて奪ったんだ。きみの反応が普通でないのは、彼との関係が普通でも正当でもなかった証拠だよ」

オーレリーは言い返す言葉が見つからなかった。体の震えが止まらない。ルークの言ったことすべてが耳に痛く突き刺さる。それが真実だからだ。心の奥の暗いところでは彼女自身もわかっていた。

「つらかったな」ルークが静かに言った。

それにも答えず、オーレリーは涙をこらえて振り向いた。「わたしのペースでやっていいのね?」

ルークがためらうように彼女の全身に目を走らせた。「本当にいいのか、その――」

オーレリーは鋭くさえぎった。「わたしのペースでと言ったのに、なぜまだ指図しようとするの?」

ルークが固まった。「してないよ」

「そう?」オーレリーは彼に一歩近づいた。ルークにでも自分自身にでもない熱い怒りが理性を押し流していく。「まあいいわ。まず服を脱いで」

「服を?」ルークがぽかんとした。

オーレリーはあごを上げた。「脱ぎなさい」

一瞬反論しかけたルークに、オーレリーは挑むように眉をつり上げた。呼吸が荒く、早くなる。

「わかった」やがてルークが静かに言い、シャツのボタンを外し始めた。

信じられない、まさか本当に命令に従うなんて。わたしが主導権を握っているなんて。目を見開いて見つめていると、ルークはボタンを外し終わり、コットンのシャツを肩から落とすように脱いだ。

「ベルトとパンツも」オーレリーは続ける。

ルークは彼女に視線を据えたままベルトを外し、パンツを脱いだ。続いて靴下も脱ぎ、ネイビーのボクサーパンツ一枚になってそのまま待っている。

「ベッドに横になって」そう命じる声が揺れる。本当にこんなことしていいのだろうか。怒りにまかせて始めてしまったけれど、今はただ混乱し、悲しくて涙がこぼれそうだ。

ルークは寝室のベッドの端に座り、脚をベッドに上げて横になると、頭の後ろで手を組んで待った。

オーレリーは震える笑い声をもらした。「わたしよりずっとリラックスしているみたいね」

「ああ、してるよ」

「本当に？」彼女もベッドの端に腰を下ろす。

「これからどうしたい、オーレリー？」わたしが何を求めても、この人なら実現しようとしてくれる。自分のすべてをわたしの手にゆだねてくれている。これが信頼ということなんだわ。

わたしも彼を信じたい。

「抱きしめて……ただ抱くだけ」声が震える。

ルークが彼女をそっと抱き寄せた。オーレリーは彼のたくましい温(ぬく)もりを求めて身を寄せた。髪をなでられ、彼女は絶対にするまいと思っていたことをした。声をあげて泣いたのだ。

激しい嗚咽(おえつ)の声がのどをかきむしってほとばしる。ルークの体に腕を回すと、彼もしっかり抱きしめてくれた。オーレリーはこれまで感じてきた孤独と痛みと混乱をすべて吐き出すように泣き続けた。

少しおさまってきたかと思うとまた新たな嗚咽がこみ上げ、どれほど時間がたっただろう。ようやく泣きはらした顔の涙を拭き、オーレリーは震える声で笑った。「わたし、ひどい顔よね」

「きれいだよ」

「嘘(うそ)よ」笑い声がさっきよりも震える。

「もう知っているだろう、ぼくは嘘はつかないと」

見上げると、ルークの瞳には真実が輝いていた。オーレリーはささやいた。「あなたみたいなすばらしい人、わたしにはもったいないわ」

「それはこっちのせりふだよ。オーレリー、きみはいつも自分を安く見すぎなんだ」ルークが涙に濡れた彼女の髪を優しく耳にかけた。「きみはぼくを笑わせてくれる。ときには挑みかかってわくわくさせてくれる。きみの才能と勇気には感嘆する。きみこそぼくにはもったいないよ」

まだ信じられずかぶりを振るオーレリーのまぶたに、鼻に、そして唇にルークがキスをした。オーレリーは何も考えず、ただ求めるままにキスを返した。

そっと、しかしその先の意図をこめて。

　ルークが一瞬ためらい、オーレリーはすかさずささやいた。「わたしのペースで、でしょ」

　彼女の肩に置いた手を止め、ルークが静かにたずねた。「どうすればいい？」

「わたしがあなたにキスしたら、あなたも返して」

「それならなんとかやれそうだ」合わせた唇の間でルークがほほえんだ。オーレリーは勇気を奮い起こし、さっきより深く彼の唇をむさぼった。

　ルークを仰向けにし、肘をついて彼の全身にキスの雨を降らせる――唇に、目に、のどのくぼみに、あごに、耳に、肩に、引き締まった胸板に。低くうめく彼の声を聞くと自分の力を感じる――いいえ、力ではない。歓び、信頼、そして愛だ。

　ルークの反応にさらに欲望が高まり、オーレリーは再び彼の唇をむさぼりながら体を重ねた。ルークが彼女の腰を両手で支え、オーレリーは白い炎のように燃え上がる欲望に理性さえ吹き飛んでささやいた。「触って、あなたも」

「どこに？」ルークのささやき返す声だけで、また体が歓びに震えてしまう。

　オーレリーは彼の手を取り、自分の胸に置いて目を閉じた。「ここ」ルークの指が柔らかなふくらみを愛撫すると、彼女は震えるため息をもらした。

「ここも」もう片方の手を取り、腹部からさらに下へと導くと、その手がドレスの裾から中へ忍び込み、ショーツを脇に寄せた。「そうよ……」オーレリーは再び身を震わせ、その手に体を押しつけた。ルークの指がさらに奥を探り、オーレリーの全身に火花のような快感が走った。自由と、誰かがこれほどの快感を与えてくれるという驚きにあふれた歓びだった。ルークのおかげだ。「わたしも服を脱ぎたい」あえぎながら言う。

　ルークに背中のファスナーを下ろしてもらい、ドレスを脱ぐ。ブラジャーとショーツはルークが脱がせてくれた。ルークもボクサーパンツを脱ぎ捨てた。

「ああ……」オーレリーが満足のため息をもらすと、ルークが隣に体を横たえた。

「さあ、次のご要望は？」

「うーん、そうねえ……」オーレリーは彼の頬やあご、胸板に指を走らせ、その手を腰へ、さらに下へ伸ばし、ゆっくりと試すようにたかぶったものを包み込んだ。「今のをもっと続けて」そうささやくと、ルークがうめき声をあげてキスをした。

もう言葉はいらない。彼女が指示する必要も、彼が許可を求める必要もない。セックスって、愛し合うってこういうことなんだわ――無言のまま、手、唇、肉体のすべてがぴったり一つに重なり合う。

そして、ついにルークが入ってきて彼女をいっぱいに満たしたとき、オーレリーはこれまで経験したことのない、存在すら知らなかった達成感と一体感に包まれるのを感じた。

中でまだ動きながら、ルークが彼女の目にあふれる涙をそっとぬぐい、濡れたまぶたにキスをした。

「本当に幸せ」オーレリーの笑い声が揺れ、声がつまった。その唇にルークがキスをした。

「わかっている。ぼくもだ」

寝室の窓から朝日が差し込み、眠るオーレリーの姿を金色に縁取っている。ルークはベッドで横向けになり、彼女の肩からヒップをなぞった。彼女の手触りも、味わいも、容姿も、そして何より彼女の声も大好きだ。ぼくはオーレリーを愛している。

そう気づいても怖くない。彼女の本当の姿を知った今は、むしろ胸が高鳴り、感謝の気持ちがこみ上げてくる。彼女もぼくを愛してくれているはずだ。彼女の信頼を、愛を、勝ち取ることができた。失敗と後悔ばかりにさいなまれてきた人生がようやく完全なものになったと思える。ついにやった。ついに、二人で生まれ変われたのだ。

オーレリーがまばたきして目を開き、まだ眠たげにほほえんだ。素直に伸ばしてくるその手に、ルークの胸ははずんだ。二人の関係がこれほど自然なものになるとは思いもしなかった。

「おはよう」ルークがささやいてキスすると、彼女もキスを返してきた。

そのまましばらく二人の時間を楽しんでから、シャワーを浴びて服を着、港を見渡せるテラスで朝食をとった。

「見てごらん」ネットで最新ニュースをチェックしていたルークはオーレリーにタブレットを手渡した。記事に目をやったオーレリーが驚いた顔になった。

〈オーレリー復活　さらなる進化〉

「早いわね」

ルークはほほえんだ。「言っただろう、みんなあの曲を気に入ると」

「この記事は好意的でも、違うのもあるでしょう」

「気になるかい?」

オーレリーがタブレットを返してゆっくり息を吐いた。「いいえ、以前は他人の言葉や記事に左右されていたけど、今は平気。本当のわたしを知ってくれている人がいるから」彼女はためらいがちにルークにほほえみかけた。「これまでそんな人いなかったから」

ルークは彼女の手を取った。「そう言ってくれてうれしいよ」

「でも、本気でカムバックする気はないの。また有名になるのはいや」

「そうなのか?」

オーレリーがかぶりを振った。「もう一度公の場で歌ったのは、観客のためじゃなく自分自身のためよ。自分という人間をちゃんと示したかったから。

でも、またオーレリーを演じるのはいや。名声はもうこりごりよ」

「今回のステージでまたスポットライトの下に引っ張り出されたら？」

「そんなもの、わたしが拒否したらたちまち忘れ去られるわ。コンサートも、タブロイド紙の餌食になるのももうたくさん」

「本当に？」

「ええ」オーレリーがルークを見上げた。その瞳が不安そうにかげっている。「あなたは反対？」

「どうしてぼくが反対する？」

オーレリーが肩をすくめる。「だって、名声を得るって大きなことだし」

「正直言って、きみのコンサートツアーを追いかけるのは大変だと思うが、きみがそれを望むならぼくはつき合うよ」

「あなた自身の望みはどうなの？」

「ぼくの望みはもうすべてかなっているよ」ルークはほほえんでオーレリーの手を強く握った。「今夜のステージが終わったら、東京へ行く前に二日間休みがある。また二人だけで出かけよう」

オーレリーが目を見開いた。「どこへ？」

「それは行ってのお楽しみだ」

ルークは香港沖の小島にある隠れ家のような高級リゾートを選んだ。昼間はビーチでのんびりくつろぎ、夜はベッドで、バスタブで、あるいはまたビーチで――ところかまわず、熱く愛し合った。

東京に発つ前夜、二人はベッドに横たわっていた。ビーチに面したドアを開け放ち、海風がカーテンを揺らし、乱れたベッドカバーやからみ合った脚を月の光が照らしている。オーレリーは黙ったまま、規則的な鼓動を刻むルークの胸に片手をのせていた。

「何を考えている？」少し寂しげな様子に、ルークは彼女の髪に唇をつけて静かにたずねた。

「この時間が終わってほしくないなって。現実の生活に戻りたくないわ」

「現実の生活のことなどほとんど思い出せないよ」

その先を続けようとしてルークは口をつぐんだ。愛しているとまだ言葉にしてはいないし、彼女からも聞いていない。口にすることを恐れてはいないが、それを聞いてオーレリーはどう感じるだろう。二人の関係がこれからどうなるか、時間がたてばわかってくるのだろうが。

東京へ向かう機内で、ルークはしぶしぶ仕事に戻った。この二日間、仕事のことはまったく考えなかった。自分としては記録的だ。携帯電話を見るとメールが二十二件も来ていてうんざりする。ほとんどはたいした内容ではなかったが、ただ一件、アーロンからのメールは短いが有無を言わせぬものだった。

〈東京に行く。待っていろ〉

いら立ちが全身に広がる。ぼくに指図するためにわざわざ東京まで来るというのか。オーレリーと開店セレモニーに関する記事を読んで、いつものようにボス風を吹かせるつもりに違いない。

「どうかした？」オーレリーの静かな声にルークは顔を上げた。この数日の間に、二人は驚くほど心が通じ合うようになった。

いや、オーレリーはともかく、ぼくはいろいろな意味で――もっとも肝心な部分で、まだ心を固く閉ざしている。どうしても打ち明けられない秘密がある。オーレリーは自分の問題だけで手一杯だ。ぼくの過去の苦悩まで背負う必要はない。ルークは携帯電話を上着のポケットにしまい、目をそらして答えた。「ただの仕事だよ」

二十分後、飛行機は東京に着いた。

リムジンで皇居を見渡せる高級ホテル〈ザ・ペニンシュラ東京〉に向かう。アジアのほかの都市に比べて空気は爽やかで、並木の葉を揺らす風に秋の気配が漂っている。

チェックインすると、さいわいアーロンからの伝言はなかった。ひょっとして来るのをやめたのだろうか。ルークはオーレリーに言った。「きみのスイートはキャンセルしたよ。それでよかったかな?」

オーレリーが驚いたような顔でほほえんだ。「もちろん、いいに決まっているじゃない」

ベルボーイが二人をペントハウスのスイートへ案内した。二人きりになると、ルークはオーレリーを抱き寄せ、のどもとに唇を這(は)わせた。この感触が、そばにいて感じる安心感が好きだ。肌に唇をつけたまま彼は言った。「このまま最後まで続けたいのはやまやまだが、きみはステージがあるからな」

「そうね」オーレリーが落胆のため息をついた。

ルークは姿勢を正し、大好きな灰青色の瞳を見つめた。「緊張しているかい?」

「いいえ。自分でもびっくりよ、ほんの数日前までは不安だったのに」

「きみは変わったんだ」

「あなたのおかげよ」オーレリーがほほえんだ。

「わかってるわ、どこでも高評価を受けるわけじゃないと。嫌う人もいるし、そういう人は悪口を書き込む。でも、もうそんなことはどうでもいいの」

「よかった」ルークはこらえきれずもう一度キスすると、二人で開店セレモニーへ向かった。

二時間後、ルークは舞台袖に立ち、本番に向かうオーレリーを見守った。彼女は淡いグリーンのシルクにふんわりとガーゼを重ねたドレスに髪はゆるくシニヨンに結い、ナチュラルな美しさに輝いている。ルークの胸にいとおしさがあふれた。

「どういうつもりだ、あの女は」背後から鋭い声が響いた。

ルークは振り返り、兄アーロンの怒り狂った顔と対峙(たいじ)した。

12

「やあ、アーロン」ルークは冷静に答えた。「同じ言葉を返すよ。いったいどういうつもりだい？」

「おまえの尻拭いをしに来たんだ。メールを見なかったのか？」

「兄さんにしてもらうことなど何もない」言い返そうと口を開いたアーロンを、ルークは片手を上げて制した。「静かに。歌が始まる」

アーロンが不機嫌そうに目を細めて口をつぐんだ。オーレリーが歌い始めると、ルークはその歌声に耳を傾けた。ハスキーな声が会場に広がり、観客はささやきすら交わすことなく静かに聞き入っている。

だがアーロンは、歌声が消えるやいなやルークの腕をつかんだ。ルークはその手を振りほどいた。

「あの女はクビだ、ルーク」

ルークが振り向いた。「どういう意味だ？」

「今すぐクビにしろ。あんないわくつきの女のせいで〈ブライアント〉の名に傷がついたら――」

ルークは兄を冷たく見た。「オーレリーのおかげで〈ブライアント〉の評判は急上昇だよ」

そのとき、舞台から戻ってきたオーレリーが目を丸くして二人を見比べた。

兄が彼女に話しかけるのを阻止したい。自分の意見を通そうとするときの兄は容赦ないのだ。「オーレリー、ちょっと待っていてくれ」

抑えきれない怒りが声ににじむ。オーレリーも気づいたらしく、はっと目を見開いてからうなずき、ギターを手に二人の脇を抜けて控室へ向かった。

「どこか二人だけになれるところで話そう」ルークは冷たく言った。「客たちの前で兄弟が言い争う姿こそ、〈ブライアント〉にとっては最悪だろう」

「言い争う？　女一人をめぐって？」アーロンが皮肉っぽく眉をつり上げた。「ルーク、おまえはあの父親から何も学ばなかったのか？」

「オーレリーは父さんの愛人たちとは違う」ルークはぴしゃりと言い、兄に背を向けて階上のオフィスへ向かった。アーロンもついてきて後ろ手にドアを閉め、ドアにもたれて腕組みをした。

「ベッドの相手としてはいいのかもしれないが、とにかくクビにしろ、ルーク」

　考える間もなく、勝手に腕が動いた。ルークのこぶしがアーロンのあごに命中し、火花のような痛みが走った。アーロンが体を折って片手をデスクにつき、もう片方の手で殴られたあごをさすった。

「おい、ルーク、どういうつもりだ？」

「もっと早くこうするべきだった」ルークもじんじんとうずく手をさすりながら言った。やっと兄をぶちのめすことができて最高の気分だ。「今後は口出しするのはやめてくれ、ぼくの人生にも、店にも」

「何を言っている？　店は――」

「ああ、〈ブライアント・エンタープライズ〉の一部だ。それはわかっている。兄さんはブライアント帝国のすべてを牛耳ろうとしてきたが、ぼくにも、そしてチェイスが望めばあいつにも、権利はあるはずだ」

「チェイスは勘当された」アーロンが答えた。

「父さんが怒りにまかせてやったことは兄さんも知っているだろう。兄さんなら勘当を解けるはずだ」

「亡き父の遺志にそむくつもりはない」

「よく言うよ、そんなもの気にしたこともないくせに」急に疲労に襲われ、ルークは顔をそむけた。

　しばらくの沈黙のあと、アーロンが言った。「おまえに何がわかる」感情のこもらない奇妙な声の響きに、ルークは向き直った。

「どういうことだ？」

「もういい。おまえは〈ブライアント・ストア〉のCEOだが、ぼくがおまえの上司であることも事実だ。そのぼくが彼女はクビだと言っている」

兄の横暴な物言いに、ルークのいら立ちが爆発した。「新聞を読んだか？　彼女のステージはマスコミでも高評価で――」

「高評価の記事だけでなく、ゴシップ記事の数々まで見たよ。おまえこそ知っているのか、あの女がどれほどスクープ写真を撮られて――」

「やめろ」ルークは片手で制した。「そんな話は聞きたくない。それ以上言ったらまたぶちのめすぞ」

「今度は受けて立ってやる」アーロンが返した。

「ルーク、おまえがあの女と寝ていようがどうでもいい。だがな――」

「黙れ」ルークの声はこれまで聞いたことがないほど低く容赦なかった。「オーレリーについてそれ以上一言でも口にすることは許さない」アーロンは唇を結び、目を細めて黙ったままだ。ルークはゆっくりと息を吐いた。「〈ブライアント・ストア〉の権限はぼくにある。もう十五年以上それを示してきたつもりなのに、兄さんはいつも口を出し、ぼくを信頼してくれなかった。わかっているのか、ぼくがこれまでどれほど努力して――」

「わかっているさ、ルーク。おまえはいつも努力してきた、ほめてもらいたい一心でな。だが父さんには一度もほめてもらえず、ぼくもおまえをほめてやるつもりはない」

ルークは怒りに燃えた。「よくもそんなことを」

「だが事実だろう？」アーロンが挑むようにルークを見つめる。「おまえは昔からいつも誰かに認めてもらおうと必死だった。だが、そんなことをしても自分の存在価値を証明することはできないんだ」

ルークははっとした。言い方はひどいが、兄の言葉は真実だ。確かにぼくは他人の信頼を得ようと努力してきた――そうすることで、かつて父の信頼を失ったあの瞬間を埋め合わせられるかのように。

「だったらぼくは辞める。兄さんが口出しをやめるか、ぼくがここを去るかだ」ルークは淡々と言った。

アーロンが眉をつり上げた。「脅すつもりか？」

「脅しなんかじゃない」

「これまでずっと店のために尽力してきたんだろう。それをすべて捨てるというのか？」

兄がぼくを試そうとしているのはわかっている。だが、これまでの人生で、これほど確信を持ったのは初めてだ。「捨てるさ。兄さんやほかの誰かの顔色をうかがうのはもうたくさんだ」

アーロンが冷たい笑みを浮かべた。「立派になったもんだな。わかった。考えてみよう」

「その必要はない。ぼくは辞める。心配しなくても、兄さんの繰り人形になってくれる人間ならいくらでも見つかるさ」そう言って背を向けると、アーロンが疲れたようなため息を吐いた。

「あの女か？　彼女がおまえを変えたのか」

「ああ、そうだ。だが兄さんの思っているような意味じゃない。彼女は心からぼくを信じてくれた。兄さんが一度もしてくれなかったことだ。もう兄さんにほめてもらう必要もない。誰かに認めてもらおうと必死になるのももう終わりだ」

最後に厳しい視線を兄に向け、ルークはオフィスをあとにした。


オーレリーはシャンパングラスを手に、行き交う客たちに落ち着かない目を向けた。ルークも、そして兄らしき男性の姿もまだ見当たらない。顔立ちはよく似ていたが、ルークより少し長身で恰幅もよく、そしてものすごく怒っていた。

ステージから戻ったとき、二人の間には張りつめた空気が流れていた。わたしのことで言い争っていたのだろう。開店セレモニーにわたしが出演するなんて、お兄さんは気に入らなかったに違いない。

でも、ルークはどう思っていたのだろう。

その答えはまだわからない。この数日間は夢のようだった。現実を離れてあんなふうに過ごせば、誰だって恋に落ちてしまう。それに、わたしはルークの過去の恋人たちとは違うタイプだ。物珍しさもいつかは色あせる。長くつき合うような相手ではないと兄に言われて気がついたのかもしれない。

「おめでとう」はっとしてゆっくり振り向くと、アーロン・ブライアントがにこりともせず、こちらを値踏みするように見ていた。「弟をまんまと手玉に取ったようだな、少なくとも今だけは」

「わたしは誰も手玉に取ってなんかいません」オーレリーはやっとの思いで答えを絞り出した。さいわい、落ち着いた声が出た。

「違うのか？　じゃあなんだ、純愛だとでもいうのか？」アーロンの小ばかにしたような言い草に、オーレリーは身を硬くしたが何も答えなかった。また新たな攻撃材料を与えるわけにはいかない。

それに、ルークが本当に愛してくれているかさえわからない。愛しているという言葉は彼も、そしてわたし自身も、まだ口にしていないのだ。

アーロンが首を振った。「せめて別れるときは優しくしてやってくれ。大事な弟だからな」

この人が弟の気持ちを思いやるなんて、とオーレリーは驚いた。「別れるつもりはありません」

「ほう。まあ、あいつのほうが考え直すかもしれないがな」アーロンは最後に冷たい一瞥を投げて立ち去った。

オーレリーはシャンパングラスの細い脚を握りしめ、その場に立ち尽くした。アーロンはわたしを怒らせようとしたのか、落ち込ませようとしたのか。

そんなことはどちらでもいい。

問題なのは自分自身の反応だ。心に忍び寄り、粘りついて離れない、あのなじみ深い感覚。ルークを、そして自分自身をも失ってしまうという恐怖だ。ルークのおかげでわたしは、いろいろな意味ですばらしく変わった。けれども、最も肝心な部分では何も変われていなかった。

わたしはまた自分を失ってしまう。ルークが離れていってしまうと考えただけで心が空っぽになる。結局わたしは誰とも関係を結べないのだろうか。

客たちと上の空で言葉を交わしながらも、オーレリーの目はルークを探していた。混み合った部屋の奥のほうに、ちらりと姿が見えた。

彼は険しい表情で何やら話し込んでいた。しばらくその姿を見つめ、オーレリーは控室に戻った。

何も考えないようにしながら私物をバッグに放り込み、上着をつかむ。ニューヨークへ戻るのは明日の予定だが、今夜の飛行機のキャンセル待ちに並ぼう。今はとにかくこの場を離れ、安全地帯へ逃げ込んで、自分の心に何が残っているか考えたい。

そっと店から出てタクシーを拾い、ホテルに戻る。待って、よく考えてと呼びかける声と、自分を守るためにも早く逃げてと叫ぶ声が頭の中で交錯する。

スーツケースに荷物を詰め、上着を着ていると、ドアが開く音がした。戸口にルークが立っていた。疲れた様子で髪も乱れ、カードキーを握ったままだ。

「きみが先に帰ったと聞いて――」その目がスーツケースと上着に留まり、一瞬沈黙が流れた。「何をしている？」

オーレリーはごくりとつばをのんだ。「ちょっと早めに帰ろうかと思って」

ルークがカードキーをサイドテーブルに置いて部屋に入ってきた。「ぼくにちゃんと断ってから行くつもりだったのか、それともぼくが店にいる間にこっそり出ていくつもりだったのか?」

「その……」オーレリーは言いよどみ、唇をなめた。

「わからない」

ルークが無表情のままこちらを見つめる。「何があった? アーロンに何か言われたか?」

「ええ。でもそれは関係ないの。少し距離を置きたくて……」声が割れ、オーレリーは一つ息を吸った。

「わからないの、このままやっていけるのか」

「ぼくに一言話そうとは思わなかったのか? 出ていく前にぼくと相談しようとは?」ルークの声はあくまでも冷静だ。

「だから今話しているじゃない――」

「それはたまたま、ぼくが早く戻ってきたからだろう!」怒り、傷ついたその言葉に、オーレリーは思わず後ずさった。「ぼくはきみを信頼していたんだぞ。きみも信頼してくれていると思っていたのに」

「信頼とかじゃなくて、これはわたしの問題なの」

「ひどい言い草だな。ぼくは関係ないというのか」

「ごめんなさい。わたしはただ……また自分を失うのが怖くて。自分をさらけ出して――」

「ぼくに傷つけられると思ったのか? ろくでなしのマイヤーズのときのように?」

熱い涙がこみ上げ、視界がぼやける。「ええ」

ルークがざらついた笑い声をもらした。「これでもまだ、信頼の問題じゃないというのか」

「そうよ。これはわたし自身の頭の中の――」

「知りたいか、ぼくの頭の中を?」ルークにさえぎられ、オーレリーははっとして用心深くうなずいた。

「ええ」

「きみに話すことがいくつかある。まず最初に、ぼくは〈ブライアント・ストア〉を辞めた」

「辞めたって――」

「兄に言われたよ、おまえはいつも誰かに認めてもらおう、信頼してもらおうと必死だったと。兄の言うとおりだよ。きみに対しても、信頼を得ようと努力してきた」

「わかっているわ。だからちゃんと信頼して――」

「そうは思えないな、現に黙って出ていこうとしているじゃないか。だが、これはきみだけじゃない、もっとずっと前からのことなんだ」ルークがゆっくり息を吐いて続けた。「以前話しただろう、母は乳がんで亡くなったと。あれは嘘だ」

「嘘?」オーレリーは戸惑いながら繰り返した。

「自殺だったんだ」ルークが苦い表情で彼女を見た。その視線は定まらず、何かを思い出しているようだ。「家にいたのは、寄宿学校から戻ってきていたぼく一人だった。チェイスとアーロンはスポーツの合宿、父も出張中で留守だった」

「何があったの?」オーレリーはささやいた。

「父の新しい愛人の存在を知って、母はヒステリックになっていた。父には常に愛人がいて、母が傷ついているのも見てきた。ぼくが女性との関係に慎重だったのもそのせいだ。とにかく、その日、母はぼくをリビングに座らせ、愛していると言った。ぼくは兄弟の中で一番母と仲がよかったからね。そして母は、ごめんね、もう耐えられないと言った。わたしがこうして死に向かいつつある間も、あの人は女遊びを続けていると」ルークが一息おいた。忌まわしい記憶にとらわれているのがわかる。「最初は意味がわからなかったが、やがてはっと気づいた――母は自ら命を絶つつもりだと。二階へ上がった母のあとを追ったが、部屋のドアには鍵がかかっていた」ルークがかぶりを振った。「なんとか思いとどまらせようと、必死で懇願し、叫び、泣きわめいた。だが返ってきたのは沈黙だけだった」

「ああ、ルーク」オーレリーの目に涙がこみ上げた。

「開けてと懸命に呼びかけたが、だめだった。だめだったんだ」ルークの声がかすれた。「最後は救急車を呼んだが、手遅れだった。救急隊が到着したときには母はすでに昏睡（こんすい）状態で、その夜遅く亡くなった。抗うつ剤の過剰摂取だった」

　これですべて合点がいった。オーレリーはまばたきして涙をぬぐった。「残念だったわね」

「ああ、自分でも残念だよ、あの恐ろしい体験がトラウマになって、これほど長い間縛られてきたことが。おまえのせいだと父に言われ、ぼくは自分を責めた。家にいて母を救えたのはおまえ一人だった、もっと何かできたはずだという父の言葉を長い間信じ込んでいた。失った父の信頼を、愛情を取り戻そうと何年もの間努力し続けた。だが父はそれをぼくに与えることなく亡くなった」ルークが大きく息を吸い、オーレリーの目を見つめた。「もっと早く話しておくべきだった。過去のことだから関係ないと思っていたが、結局ぼくも、きみに同じ仕打ちをしていたんだな。きみの信頼を得たい、きみを救いたいと言いながら、結局何もできなかった」

「あなたに救ってもらおうなんて思っていないわ」オーレリーはささやいた。

「じゃあ、きみはどうしたい？　ぼくはもう洗いざらい話した。あとはきみが受け入れるか、受け入れないか。こんなぼくを愛するか、愛さないかだ」

愛――オーレリーは息をのんだ。のどがからからに渇き、鼓動が激しく高鳴る。「ルーク――」

「ぼくはきみを愛している。きみは？」

　愛しているわ――その言葉が胸の奥でふくらみ、こみ上げてくる。でも言葉にならない。まだ怖い。自分を失い、すべてをゆだねてしまうことが――

「わかった」ルークが静かに言った。

「そんな簡単にはいかないわ」

　そうつぶやくオーレリーをルークは長い間見つめた。深く揺るぎないその瞳の奥にわびしい悲しみが宿っていた。「いや、簡単だよ」一言そう言うと、彼は背を向けて彼女の部屋から出ていった。

ニューヨークに戻る飛行機でもバーモントへ戻る車でも、オーレリーはぼうっとしていた。東京を発って二十四時間後、ようやく祖母の家に戻ってきたが、心はルークのもとに置いたままだった。

この家を出たのはわずか十日あまり前なのに、遠い昔のように思える。この十日でわたしは一生分を生き、そして死んだ。

結局また元通りだ――変わることもできず、望みもない孤独な生活に。

ぼくを愛しているか、と問いかけたルークの炎のようなまなざしを思い出すだけで泣きたくなる。真実を認め、踏み出す勇気もない、とんだ臆病者だ。

彼を失い、自分をも失ってしまった。信頼に、愛に導かれる代わりに、不安に負けてしまった。

やがて少し冷静になると、これでよかったのだと自分に言い聞かせた。ルークにはもっと似合いの相手がいる。彼に似て落ち着いた、ややこしいトラウマなど引きずっていない人がいるはずよ、と。

それでも、ベッドがやけに広く感じられる夜や、ギターやピアノを見ても弾く元気が出てこないとき、周囲の風景から色がすべて消えてしまったように感じるとき、オーレリーの心が叫び出す。ルークを取り戻すためならなんだってする。愛している、すべてを彼に捧げても悔いはないと伝えたいと。

バーモントに戻って二週間後、玄関のチャイムの音にオーレリーは驚いた。この家に誰かが訪ねてくることなどほとんどない。玄関のドアを開け、見覚えのある姿を目にした瞬間、心が揺れた。

「ルーク――」

「すまない、がっかりさせて」

目の前の男性はルークにとてもよく似ていた。髪の色はルークより少し明るいが、長身もたくましい体格も、皮肉っぽい笑みもそっくりだ。

「ぼくはチェイスだ。チェイス・ブライアント」男性がそう名乗り、手を差し出した。

「料理上手な弟さんね」あまりに驚いて、それしか思い出せない。確か、家を出ていったとか。

「まずいカレーなら作るよ」チェイスが驚いた顔をした。「ルークからぼくの話を聞いたんだね？」

「少しだけ」

「入ってもいいかい？」

その言い方もルークそっくりで、涙が出そうになる。オーレリーはうなずき、キッチンへ彼を案内した。「コーヒーか紅茶でも？」

「いや、大丈夫。ぼくがなぜ訪ねてきたのかと思っているだろうね」チェイスが苦笑いした。「ニューヨークでルークに会ったが、元気がなかったんだ」

「そうなの？」心ならずも気持ちが浮き立つ。

「はっきり言ってひどい状態だった。そう指摘したら、ルークがきみのことを話してくれた」

オーレリーは固まった。「どんな話を？」

「詳しくは聞いていない。ルークの口も重かったしね。ぼくは婚約したばかりで浮かれているが、ルークはまだ自分の感情と格闘中ってところかな」

オーレリーは笑い声をあげた。笑うなんて久しぶりだ。「あの人、具体的にはなんて？」

「うまくいかなかったと」チェイスはオーレリーに一歩近づき、真剣な面持ちで続けた。「実はぼくも、不安に駆られて危うく愛する人を失うところだった。大切な人との関係って大きなものだからね」

「そうね」オーレリーは大きく深呼吸した。

チェイスが優しくほほえみかけた。「オーレリー、きみは何が不安だった？」

「何もかも」オーレリーは涙をこらえてささやいた。

「ルークに別れを告げられるのが、傷つけられるのが怖かった？」

オーレリーは目を伏せた。「彼はそんなつもりはないと思うんだけど」やがて見上げた目は涙でいっぱいだった。「自分が変われないことが怖いの」

チェイスが考え込むように彼女を見つめた。「どんなふうに変わりたいんだい？」

オーレリーは盛大に鼻をすすった。「以前、ある人とつき合っていて、それが終わったとき……傷ついてぼろぼろになってしまったの。またあんなふうに自分を失ってしまうのが怖くて――」

チェイスが低い声で笑った。悪意のない、優しい声だった。「そんなの誰だって怖いさ。誰かを愛し、すべてを捧げるとはそういうことだ」

「じゃあ、なぜ――」

「愛する人とならどんな困難でも乗り越える価値があるからさ。ぼくはそれに気づくまで時間がかかったけど」チェイスは静かに続けた。「でも、きみとルークならそれほど時間はかからないはずだ」

オーレリーは再び鼻をすすってうなずいた。そうだ。ルークとなら新しい自分に生まれ変われる。

いいえ、もう生まれ変わっていたんだわ。なぜあのときそれを信じられず、昔の自分に逃げてしまったのだろう。

オーレリーは悲しげにチェイスを見やった。「でも、もう手遅れよね」

チェイスがかぶりを振った。「大丈夫、ルークを見ていればわかる。手遅れなんかじゃないさ」

二日後、オーレリーは倉庫をリノベーションした、ルークの新事業のオフィスがある建物の前に立っていた。〈ブライアント〉を辞めたあと、ルークは自ら慈善団体を立ち上げたとチェイスが教えてくれた。

そして今、わたしはこうしてマンハッタンに来ている――生まれ変わるために。

大きく息を吸い、重い鉄の扉を開けて中に入る。

内部は広々とした空間で、折りたたみいすや脚立、ビニールシートなどがあちこちにある。親切そうな若い女性が駆け寄ってきた。

「何かご用ですか？」

「ルーク・ブライアントに会いたいのですが――」

女性がはっと目を見開いた。「もしかして――」

「ええ。どこへ行けばルークに会えますか？」

女性は部屋の奥にあるドアを指した。オーレリーはもう一度大きく息を吸い、そのドアに向かった。ドアを開けると、設計図らしきものを見ているルークの背中が見えた。「ランチの時間かい？」下を向いたまま彼が言った。

「ごめんなさい、サンドイッチは持っていないわ」顔を上げたルークがぽかんと彼女を見つめた。オーレリーは努めて笑みを浮かべた。「ハーイ」

「やあ」

その返事から彼の気持ちは読み取れない。ドアに記された社名〈モルフォ基金〉を指してオーレリーは言った。「いい名前ね。あのすばらしい日を思い出すわ。モルフォ蝶がわたしの髪に止まり、わたしはあなたにキスをした。あれが初めての本当のキスだったような気がするわ」

ルークが目を伏せた。「モルフォはギリシア語で変化を意味する。この基金もそのためのものだ」

「変わるのはいいことよ」オーレリーは言った。

顔を上げて彼女を見たルークの表情がやわらいだ。「まあ、蝶のことでもあるけどね」少し間を置き、口角がわずかに上がる。「それと、あのキスと」

もうそれだけでじゅうぶんだった。「会いたかったわ、ルーク。この間はごめんなさい、あなたを信じるべきだったのに、パニックになってしまって」

ルークがゆっくりとかぶりを振った。「ぼくのほうこそすまない。自分の思いも、母のことも、きちんと話すべきだった。あのときまで、自分でも整理できていなかったんだ」

「わたしも自分の過去やトラウマにとらわれて、あなたのことを考えていなかった」オーレリーは静かに言った。「お母さまのこと、さぞつらかったでしょうね。この団体の趣旨はすばらしいと思うわ」母親ががんを患うなど、苦しむ子どもたちを支援するために設立された団体だと、ネットで読んだ。

「きみがヒントをくれたんだ。幼いころから孤独だったという話を聞いて、支えになる大人が一人でもいれば人生が変わるんじゃないかと思って」

オーレリーはゆっくりうなずいた。「そうね」

「まあ、事業を軌道に乗せるまではやることが満載だが」ルークが肩をすくめた。

「それでも、あなたが取り組んでくれてうれしい」

二人はそこで言葉を切り、オーレリーの胸はまた高鳴り始めた。もう少しでたどり着けそうに思えても、ルークはまだひどく遠い。近づきたくてたまらないのに、抱きしめてキスしてほしいのに、すべてうまくいくよと言ってほしいのに。

そうやってなんでも彼まかせにするのね。

その瞬間、オーレリーは気づいた。ルークが何かを証明したりわたしから何かを得たりする必要などない。わたしのすべては彼のものだ。わたしは誰よりも彼を理解し、心から愛し信頼している。

「東京から勝手に帰ってごめんなさい」ルークは返事をしない。「信頼していないと思ったでしょう。あなたの気持ちはわかる、無理もないわ。でも本当は、自分自身が信じられなくて、自分を必死に守っていたの。前みたいに自分を失うのが怖くて」

「ありえないよ、ぼくがきみから離れたり、きみを裏切ったりしない限りは」

「あなたが裏切るなんて思ってもみなかったわ。ただ……アーロンと言い争うあなたを見て、きっとわたしなど忘れろと言われているんだと……」

「ぼくがそれに従うとでも思ったのか？」

「いいえ。でも、ひょっとしてと思ったら急に怖くなって。気持ちのコントロールがきかなくて、不安になって。でもやっとわかってきたの。誰かを愛するって、信じて心をゆだねるってそういうことなんだと。それが怖くてずっと抗（あらが）っていたんだと」

長い間黙っていたルークが口を開いた。「それで、今は？」

オーレリーは答えた。「正直に言って、今もまだ怖いわ。でも、あなたなしではいられないことはわかる。あなたのそばにいたい……もしあなたもそう思ってくれているなら」ルークは何も答えず、オーレリーは心の奥から語り続けた。「また失敗してあなたを傷つけるかもしれない。互いに傷つけ合うかもしれない。でももう逃げないし、変わろうと努力し続けるわ」彼女はドアに記された名前を指した。「変わるためには行程が、時間が必要でしょう」

「ああ。変わろうとしているのはぼくも同じだ」

オーレリーはごくりとつばをのみ、最も難しい、でも変わるためには必要な言葉を口にした。「愛しているわ、ルーク」

ルークは何も言わず、オーレリーは緊張でめまいがしてきた。

「何か言って。さもないと、また気を失って洗面台に頭を突っ込むはめになるわよ」

ルークは黙ったまま大股で歩み寄り、彼女を抱きしめてからようやく言った。「ぼくも愛している、心から。すまない、あのとき出ていってしまって」

「この何週間か、本当につらかったわ。でも今度はわたしのほうから歩み寄ろうと決めたの」オーレリーが答えた。

「もう絶対に離れない」ルークが彼女ののどに唇をつけてささやき、キスをした。オーレリーはこれまでで一番、喜びのめまいを感じた。

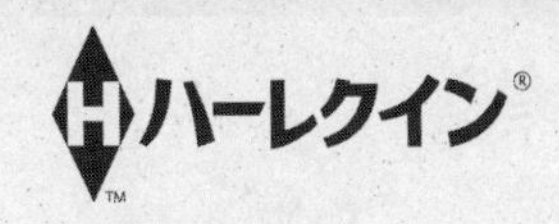

大富豪と孤独な蝶の恋
2024年8月20日発行

著　者	ケイト・ヒューイット
訳　者	西江璃子（にしえ　りこ）
発行人	鈴木幸辰
発行所	株式会社ハーパーコリンズ・ジャパン 東京都千代田区大手町 1-5-1 電話 04-2951-2000（注文） 0570-008091（読者ｻｰﾋﾞｽ係）
印刷・製本	大日本印刷株式会社 東京都新宿区市谷加賀町 1-1-1
表紙写真	© Dodoloi Florina ｜ Dreamstime.com

ISBN978-4-596-96142-6 C0297

今月のハーレクイン文庫

8月刊 好評発売中！

Harlequin 45th Anniversary

帯は1年間"決め台詞"！

珠玉の名作本棚

「浜辺のビーナス」
ダイアナ・パーマー

マージーは傲慢な財閥富豪キャノンに、妹と彼の弟の結婚を許してほしいと説得を試みるも喧嘩別れに。だが後日、フロリダの別荘に一緒に来るよう、彼が強引に迫ってきた！

（初版：D-78）

「今夜だけあなたと」
アン・メイザー

度重なる流産で富豪の夫ジャックとすれ違ってしまったレイチェル。彼の愛人を名乗り、妊娠したという女が現れた日、夫を取り返したい一心で慣れない誘惑を試みるが…。

（初版：R-2194）

「プリンスを愛した夏」
シャロン・ケンドリック

国王カジミーロの子を密かに産んだメリッサ。真実を伝えたくて謁見した彼は、以前とは別人のようで冷酷に追い払われてしまう——彼は事故で記憶喪失に陥っていたのだ！

（初版：R-2605）

「十八歳の別れ」
キャロル・モーティマー

ひとつ屋根の下に暮らす、18歳年上のセクシーな後見人レイフとの夢の一夜の翌朝、冷たくされて祖国を逃げ出したヘイゼル。3年後、彼に命じられて帰国すると…？

（初版：R-2930）